今日はこのぐらいにして休みます

今日はこのぐらいにして休みます

ソン・ヒムチャン（緒方真理人）著

黒河星子 訳

飛鳥新社

プロローグ

　私たちは幼いころから、なにかを成し遂げたり上手にできたりしてはじめて、人から認められるものだと学んできました。そのせいで、重くのしかかる責任や義務からいったん離れて休むことに対して、居心地の悪さを感じ、罪悪感を抱きます。

　他人を気にしながら激しく競い合い、自分で自分を守らないと生き残っていけないような世の中で必死にもがいていると、しだいにストレスや疲労がたまっていきます。世間に背を向け、山にこもって暮らすなどしないかぎり、現実社会でストレスから逃れるのは不可能なのかもしれません。

　思考の波はまたたくまに湧き起こり、押し寄せてきます。そのため、その流れに乗る方法を知っておかなければなりません。自分の人生を尊重し、他人に正しく接する方法です。
　ただし、それに正解はありません。偉大な学者の哲学に接しても、その考えを自分のものにできなければ、それは

ただの知識にすぎません。

　私たちの生活は、あふれる情報や社会の雰囲気、他人の意見からの影響を絶えず受けています。そうこうするうちに、人生が不安定になり、外見と中身にギャップができはじめるのです。そんなときにバランスを取り戻すには、休息が必要です。

　もちろん、よく休むには、まずは頭のなかをしっかりと整理しなくてはなりません。過去に受けた傷や、さしあたり頭を悩ませている問題から解決し、整理する必要があるのです。

　私は、数多くの人生を見守り、同時に人から直接、話を聞いてもきました。そしてそのなかで、彼らが抱えるほとんどの問題が人間関係、つまり他人とのかかわり方にあることに気づきました。

　じつのところ、対人関係や人生全般の問題に対処する方法は人によって異なります。ですから、私の考えを押しつけるつもりはありません。ただ、こんな見方もあるのだということを、読者のみなさんにお伝えしたいのです。
　私の考えを正解だと思ってほしいわけではありません。みなさんがなんらかの問題を解決しようとするとき、私の考えが少しでも助けになればと思っています。

まずは、この本をしばらく閉じ、目をつむってみてください。それだけでも心を落ち着かせる効果があります。ぜひ試してみてください。

　それが終わったら、自分の休息を邪魔していることに向かって、次のように言ってみてください。

「今日はこのぐらいにして休みます」

　みなさんがこの本を読んでいるあいだは、頭に浮かぶ複雑な考えを少しでも脇において、リラックスした時間を過ごせますように。

　そしてみなさんが、本物の休息をとる方法に気づけることを願っています。

厳選イラスト集
韓国のベストセラー記念版から選りすぐりのイラストを集めました。

「私の人生はほかの人の努力で成り立っている」＞P.38

「今日の出会いが最後だとしたら」＞P.66

「『大丈夫』という言葉に隠された本音」＞P.99

「自分を卑下することと謙遜することの違い」＞P.110

「つまずいても大丈夫。結局はうまくいく」＞P.117

── 第
　1　すべての人を愛することが
　部　できないように、
　　　すべての人から愛されることもできない

——第2部　自尊心についての　でたらめな脚本を書き換える

第3部　涙と後悔の愛が私を成熟させる

—— 第4部　人生はよかったし、ときどき悪かった。ただそれだけ

第1部

すべての人を愛することができないように、

すべての人から愛されることもできない

関係が近いほど
傷も深くなる

　愛する人同士なのにいさかいが絶えないのは、心と体の距離が近いだけに、考え方にちょっとした違いがあるだけでも、ぶつかってしまうからだ。

　親友であっても、小さないさかいがきっかけで、一瞬にしてすれ違いが生じてしまう。仲直りできればいいが、場合によっては関係が永遠に修復できないこともある。残念ながら、それが人間関係の現実だ。

　なかでも、家族のあいだではとくに葛藤が絶えない。家族というのは自分で選ぶことができず、そこから簡単に離れることもできない。

　もしあなたが、家族の誰かとの関係が原因でいつも傷ついているなら、しばらくその関係から距離をおいてみるといい。家を出て別々に暮らすのがベストだが、そうすることが現実的に難しいなら、寝るとき以外の時間は家から離れた場所で過ごすのもひとつの方法だ。

　つまり、**できるだけその人に会わないという戦略をとってみるのだ**。そして、家族と離れて過ごすあいだに、もの

ごとを受け入れる範囲を広げることに意識を集中してみよう。彼らを受け入れるのに必要な精神的な余裕と、経済的な余裕をもつための時間を確保するのだ。

　物でも人でも、愛して大切にすればするほど、小さな傷がついただけでつらく感じ、心が傷つく。
　同じように家族も、近すぎる仲だからこそ、今日もあなたは寝ずに心を悩ませているのかもしれない。

　憎いけれどいとおしい、いとおしいけれど憎い関係。家族だけでなく、友人や恋人、親戚や隣人など、さまざまな関係のなかで、お互いを思いやり、一緒に努力しながら過ちを正していくことは、とても大切で意味のあることだ。

時には親しくなることにも 危険がともなう

「人間関係で傷つかないようにするには、
　適度に距離をおけばいい」

　多くの人が口をそろえて言う。だが、人と距離をおくのは口で言うほど簡単ではない。では、どうすればいいのだろうか。

　誰かと出会い、互いを知っていく過程にある場合を想像してみよう。対話を重ねて関係が深まっていく人もいれば、一定の親しさ以上には関係が進展しない人もいる。進展しない関係に見切りをつけることは簡単かもしれない。

　問題は、中途半端に親しくなってしまった場合だ。心を許した相手から攻撃的な言葉をかけられたり、なんらかの間違いが起きたりすると、冷静に判断するのが難しくなる。

　信じていた友人や同僚と仲が悪くなると、彼らに打ち明けていた悩みはすべてあなたの弱点になる。また、あなたが語った話の内容に変更が加えられたりもする。相手を信頼して打ち明けた話がゆがめられ、誇張され、大きく膨ら

020 第1部 すべての人を愛することができないように、
　　　　　すべての人から愛されることもできない

んで鋭利なブーメランのように自分に向かってくる。自分がこれまで誠意を込めて打ち明けてきた気持ちまでもが、自分をけなす材料として利用されるという、皮肉な状況が生じるのだ。

　弱点を知っても、それを尊重してくれる友人や、どうにか打ち明けた気持ちを理解してくれる人がいれば、それは確かにうれしいことだ。だが、そのような人はめったにいない。
　だから、**誰かと親しい関係を結ぶときには、「自分をどこまで見せるか」をよくよく考えてから、慎重に言葉を交わす必要がある。**残念ながらそれが現実だ。

すべての人に
言い訳をする必要はない

　私はかつて、読書会に通っていたことがある。

　友人と会っても、いつも同じような話題しか出てこないことに物足りなさを感じ、違った角度から自分を見てくれる人が必要だと思ったからだ。自分以外の人の暮らしぶりや話の内容が気になり、彼らとの対話を通じて新しい自分を発見したかった。

　読書会では、参加者たちと自由に意見を交わした。討論をしていると「この人、いいな」と思えることがあって、とても楽しかった。

　誰かの考えの断片を聞くのは、1篇の文章を読むようなもの。そして、その人の人生を垣間見るのは1冊の本を読むようなものだった。

　もちろん、愉快なことばかりあるわけではない。物語の結末が必ずしも童話のようなハッピーエンドで終わることはないのと同じだ。

　ある人は、私の価値観に否定的な視線を向け、別の人は私の一部分だけを見て偏見を抱く。そんな人との関係がこ

　　すべての人を愛することができないように、
　　すべての人から愛されることもできない

じれるのは一瞬だった。

　そうなれば、深く知り合う前にその人は疎遠になってしまう。**誰かと親交を深めるかどうかの基準は、その人の人となりではなく、自分の味方かどうかという短絡的なことにおかれることになる。**
　先入観や評判、そしてそれらによって生じる雰囲気は、集団に悪い影響を及ぼす。ある人の悪いうわさが広まると、それが本当のことかどうかを見定めるのではなく、そのまま事実として受け入れてしまう人のほうがはるかに多い。

　誤解をもとにしたやりとりは、簡単には収まらない。自分の評判を傷つけるようなことはなるべく起こらないようにするのがベストだけれど、**たとえ誰かから偏見をもとに悪口を言われたとしても、その人を問いただす必要はない。**

　とくに気にする必要はないのだ。
　どうしても自分の評判をよくしたいなら、ほとんどの人には彼らが求める姿だけを見せるといい。**自分の本心や本来の姿は、少数の人にだけ伝わればそれで十分だ。**

相手の弱みを
利用する人の心理

　犯罪心理学では、加害者が被害者を洗脳するときは、その人がみずから反省するよう仕向けるとされている。
「こんな状況になったのはおまえのせいなのだから、責任はおまえにある」と言って、暴力を正当化し、状況をコントロールするのだ。

　書店に行くと、ベストセラーが並べられた棚で心理学の本をたくさん目にするが、そのような本が根強い人気を博しているのは、誰もが自分の心や他人の心理を知りたいと思っているからではないだろうか。

　この犯罪心理学の話と似た状況、つまり加害者が被害者を洗脳するような状況を、私たちはよく目にする。
　人間関係で不利な立場におかれた人、つまり「劣位」にいる人は、責任をすべて自分で引き受けてしまう。双方に問題があったり、加害者の落ち度があったりして生じたことなのに、被害者である自分の過ちだといって、みずからを責める。

　すべての人を愛することができないように、
　　　　　　　　すべての人から愛されることもできない

また、「優位」にいる人は、相手がそのようにふるまうのを正そうとせずに、そのまま利用しようとする。場合によっては、相手にそのような考えを積極的に植えつけることさえある。

　これがまさしく「ガスライティング」（精神的虐待の一種。わざと誤った情報を信じ込ませ、自分を責めさせること）だ。

　誰かとのあいだでいったんこのような関係ができてしまうと、自分への配慮を相手に求めることは難しくなる。**あなたが萎縮して我慢すればするほど、その人は自信たっぷりに、意気揚々とふるまうようになるからだ。**

　誰かがあなたをコントロールしようとしたとき、それを避けるためにあなたが取りうる方法は、ただ毅然としていること。無視をするか、「そうなんですね」「はい、そうですね」といった短い返事にとどめて、なるべく素っ気ない反応をしたほうがいい。

　相手に反応しなければ、相手はあなたへの興味を失うはずだ。そして、**相手があなたにいくら責任を転嫁しようとしても、自分が悪いとは思わないこと。**

　自分を責めないようにしよう。その人の話をざっと聞き流し、なんの影響も受けないようにしなくてはいけない。

　誰かが自分より優位に立っているように見えても、恐れ

る必要はない。**性別や地位、年齢を問わず、すべての人は平等だ**。友人も恋人も、みんな対等であることを前提に関係を結ばなければならない。相手が自分より若いからといって軽んじてはいけないし、年齢が上だからといって無条件に従う必要もない。

　学ぶところは学び、改めるところは改め、互いに合わせていくことが人間関係の基本だと私は信じている。

　すべての人を愛することができないように、
　すべての人から愛されることもできない

ほかの人の名シーンと
比較しないこと

　感情を消費することについて、**世の中で最も無駄だと思えるのは、自分と他人を比較することだ。**

　もちろん、私もときどき、自分を他人と比較して劣等感を覚えることはある。けれども、そのような比較は、いまいる場所で奮起するための原動力ぐらいにはなるものの、それ以上の役には立たない。

　自分を他人と比較しすぎると自責の念が強くなり、心が傷ついて苦しい思いをするだけだ。

　さらに、他人との比較に意味がない最大の理由は、あなたがうらやむ他人の姿はその人にとって一番いい状態だからだ。**精密に計算された角度と構図で撮影したあと、修正まで加えた写真のなかの他人の姿と、ふだんのくたびれた自分の姿を比較するのは、そもそも間違っている。**

　また、矛盾したことではあるが、人は自分にはないものを他人に見つけて、互いにうらやましがりながら生きている。自分を他人と比較して傷つかないようにするとともに、**今日1日で自分が成し遂げられたことに感謝し、それらを**

愛する訓練をしてみよう。

　他人をうらやむというのは、その人がもっているなんらかの特質に憧れていることを意味する。その人そのものになりたいわけではないのだから、**その特質を自分なりに追求し、自分の個性のなかに取り込み、溶け込ませればいい。**

　どん底にいる人は、あとは上っていくだけだ。
　ある程度の位置まで達した人は、その状態を維持すればよい。

　自分の受け止め方しだいで簡単にも難しくもなるが、どうせ前に進まなければならないなら、自分が信じるその道をゆっくりと進もう。
　誰かをうらやむより、自分がいまもっているものをどのように活用すればよいのかと悩むほうが生産的ではないだろうか。

心配するふりをして口を
出してくる人に対処する方法

　20代のはじめごろ、私が手にしたものはなにもなかった。いくら手でつかんでみても、まるで砂粒のように、あらゆるものが手のひらからすり抜けていった。そのころはまだ、私が作家という、荒唐無稽と言われかねない職業を目指すことになるとは、誰も予想できなかった。

　私自身もやはり、自分が取るに足らない人間だと感じていたので、作家になりたいなどと人には打ち明けられなかった。その代わりに、誰もいない学校の図書館で言葉を集めながら、人によい影響を与えられる作家になるぞと心に誓った。
　同時に私は、自分の人生を真剣に見つめなおす時間をもった。そんな時期を過ごしたあと、2018年にはじめてのエッセイ集が刊行され、自分は作家だと堂々と名乗れるようになった。

　夢が本当にかなうとは思っていなかったので、誰にも話してはいなかった。当時は、自分の夢を誰かに打ち明けるのがとても怖かった。誰かに話したところで、

「文章を書いて、どうやって食べていくつもりだ？」
「なんのために、お金にならないことをするのか？
　やるなら趣味としてやってはどうか」

　という反応が返ってくると思っていたからだ。だから私は、誰にも知られずにひっそりと文章を書き、1冊の本にまとめた。わざわざ自分から近所にうわさを広めるようなことをして、私を評価する口実をみんなに与えたくないと思ったのだ。

　悩みについて人から相談を受けていると、自分が宣言した目標を達成する過程で、他人の視線に耐えられなくなる人が多いことがわかった。彼らは、自分の行動が周囲の人から気に入られていないという点に苦しんでいる。
　なにかを宣言すること自体はすばらしい。でも、**宣言したことを実現する自信がなければ、あえて言葉にしないという選択肢もある**。それも自分を守る方法のひとつだ。

　自分の進路や夢について話すのは、自分を本当に支えてくれる人に対してだけにしよう。そのような人が身近にいないとしたら、自分と同じ目標をもって前に進む人と親しくなればいい。
　他人のことばかりに関心をもつ人たちは、いつも鋭いアンテナを立てて悪口の材料を探す。もしあなたが、他人の

言葉に振り回されることなく、ひたすら自分の道を進んでいけるなら、目標を堂々と宣言してもいい。

　一方、他人の視線に打ち勝つ自信がないなら、ある程度の成果を出し、達成感が得られるまで待ったほうがいい。

　達成感はあなたに自信を与えてくれる。そして成果は、自尊心を奪おうとする人たちからあなたを守ってくれる。

　いまでも私は、自分が許容できる範囲のことだけを人に打ち明け、遠い未来の計画についてはあえて話さないようにしている。本来、目標というのは、実現したあとに公開してこそ、すばらしいものに見える。

　あなたがひそかに心に抱いている夢は、宝物のように胸にしまっておくといい。実際に夢がかなってみればわかる。**望みをかなえた人の胸の内には、心を熱くする原動力があり、その人はつねにそれを忘れずに生きていくのだ、と。**

共感はどこまで
するべきなのか

　共感する力が欠如している人ほど、まわりの人を不快にさせる人はいない。一方、いくらがんばっても共感できないような状況のときに、誰かから共感を求められたとしたら、それはそれで困る。

　私はいつも、なるべくポジティブに相手の立場を推しはかり、共感しようとするタイプだが、そんな私にもいくら考えても理解できない状況がある。

　そんなときには、率直に「それは違うと思う」と言うべきなのか、あるいはひとまず理解を示しておいて、あとで自分の考えを伝えるべきなのかどうか悩む。

　とくに、誰かの悩みごとの相談にのっていると、私からアドバイスを得ようとするより、ただ「自分の話を聞いてほしい」という意図を暗に伝えてくる人がかなり多いことがわかった。つまり、その人は自分の考えに全面的に同意してほしいのだ。

「自分が絶対的に正しい」とすでに信じている人に対して反論したとしたら、その人はどんな反応を示すだろうか。その時点から私は、その人にとって「よい人」ではなくなる。

人間にはもともと優れた共感能力がある。そして誰にとっても、生きていくなかで必ず共感しなければならない場面が確かにある（たとえば、職場の上司の言葉に相槌を打つときや、恋人が間違っていてもたまには譲歩してあげるとき）。

　そのほかにも誰かの顔色をうかがう必要がある場面はたくさんあるが、いずれにしても覚えていてほしいことがひとつある。

　それは、**共感するのは義務ではないということ。**

　これは人に話を打ち明ける側も、人から話を聞く側も、どちらもまったく同じだ。一度だけ会ってそれきりの間柄なら、無理をしてまで共感してあげる必要はない。

　一方、頻繁に会わなければならない人が相手なら、まずは話を聞いてあげよう。ただし、**やたらと相槌は打たず、自分のために話題を早く変えること。**

　あなたがその相手に共感を示すたびに、相手は楽しくなって、こちらが聞きたくもない話を延々と述べ続ける可能性がある。そのような状況に陥るのは避けたい。

　共感するという行為は、いわゆる「感情労働」のひとつに含まれる。**自分の心に余裕がないときは、適当にうなずいて、水が流れるように自然に話題を変えるようにしよう。**

嫌われた人に限りある人生の時間を使わなくていい

誰かを好きになることに理由がないように、嫌いになることにもこれといった理由はない。

先ほどまであなたと親しげに話していて、ついさっき笑って別れたその人が、じつは心のなかではあなたを嫌っているかもしれない。表面的には親切そうにしていても、背を向けるとすぐ、あなたの悪口を言いはじめるかもしれない。

私は毎日、人から悩み相談を受けるが、その悩みのうちのかなりの数が、特定の人に嫌われているので心配しているという内容だ。そのたびに私は、きっぱりと次のように言う。

「なんの理由もなく人の悪口を言うのが習慣になった人とは、そもそも距離をおいたほうがいいです。

あとでわかったのであれば、そのときから距離をおきましょう。身も心も、できるかぎり距離をとるべきです。

争わないと気がすまないのでなければ」

嫌われている人に自分をよく見せようと努力しても、自分が傷つくだけで、得られるものはなにもない。

　すべての人を愛することができないように、すべての人から愛されるという期待も捨てたほうがいい。自分らしさを失ってまで、自分を嫌う人に気をつかう必要はない。

　寿命が120歳にまで届こうとしている時代ではあるが、自分が大切に思っている人だけに自分のエネルギーを注いだとしても、時間は足りないのではないか。ただし、仲たがいした人とのやりとりを通じて、自分にどんな問題があるのかを学んだり、自分はどんな人とそりが合わないのかを知ったりすることはできるかもしれない。

　もちろん、とくに理由もなく嫌われた場合などは、その人との接触を避けたほうがいい。とはいえ、相手と自分以外の第三者の耳をふさいでくれる人はいないので、誤解を解きたければ、あなたが彼らに直接説明するしかない。

　人間関係というのは、思いどおりにいかない一方で、自分の思いどおりに築いてもいける。
　さまざまなことを経験してみると、**最終的に、残る人は残るものだ。あなたと相性が合うその人と、深い関係を築いていけばいい。**

偽物を選別する
機会は必ず訪れる

　これまで私は、他人の顔色をうかがいながら生きてきた。みんなとぶつからずに過ごしたかったからだ。

　ところがいつしか、私が示した好意は、彼らにとって得られて当然の権利になっていた。おかしいと思ったころには、状況を変えようにも手遅れで、あきらめるしかなかった。

「じっと我慢してやり過ごしたほうが楽だ。
　これ以上、問題を大きくしたくない」

　しかし、それが本当に一番いい選択肢だろうか。もし、あなたが我慢すると決めたのなら、私はそれを止めたりはしない。でも少なくとも、誰かとの関係にひとりで苦しんでいるなら、そこに問題があることだけは、はっきりと言ってあげたい。

　人間関係というのは双方の努力で築いていくものなのに、なぜ一方だけが苦しみを引き受けなければならないのだろうか。尽くせるだけ尽くし、我慢できるだけ我慢したのに相手が変わらないのなら、ひとりで気を揉むより、その人

との関係を絶ったほうがいい。

　話し合ってみても一方通行にしかならず、相手から理解や尊重を得られないのなら、そのような人のために自分の感情を浪費しないほうがいい。たとえあなたが、その人と意図的に距離をおいたり、関係を絶ったりしたとしても、自分を責める必要はない。

　また、誰もあなたを非難する資格はない。**悪いのはむしろ、あなたが傷だらけになるまで放っておいた相手のほうだ。**

　変化のない関係を根気よく保ち続けることほど、愚かな行動はない。だからこの際、再出発するつもりで、いままでもっていた価値観を変えてみてはどうだろうか。

私の人生はほかの人の 努力で成り立っている

　社会人になって間もないころ、私は高速バスに乗って通勤していた。バスを降りるときにはいつも、運転手さんに感謝の気持ちを伝えていた。高速バスの事故のニュースがたびたび報じられるなかで、半年以上ものあいだ安全に、無事故で運転してくれていたからだ。

　運転手さんにとっては、ただ自分の仕事をこなしていただけかもしれない。でも、「私の日常はこの運転手さんたちの努力のおかげで守られているんだな」と思うとありがたかった。

　ほかの人の努力がなければ、私の身も心もいまのように健やかではなく、はるかに不自由な人生を送っていたのではないかと思う。
　この世にあたりまえのことなどない。私が安心して人生を送れるのは、空気のように見慣れた環境がいつもそこにあるからだ。だから、感謝の気持ちをもつ必要がある。

　私のそばにいて、いつも支えてくれる人たちがいかに大切か。ずっと一緒にいるつもりでいた人が突然、亡くなっ

たという知らせを聞くと、彼らの存在が決してあたりまえではなかったことに、あらためて気づかされる。

　もしあなたが、照れくさいという理由で、あるいは変なプライドのせいで気持ちを表現できていなかったとしたら、勇気を出して、ひと言でも気持ちを伝えてほしい。

　朝、家を出る前にごはんを用意してくれる両親に、「ごちそうさま」という簡単な言葉を言うのでもいい。つらい経験をしている友達に、近況を尋ねながら勇気づけるひと言を添えたり、「今日も愛している」という告白で恋人との1日をはじめたりしてみよう。

　あなたが気がつかないあいだに、きっと彼らもそんなふうに気持ちを伝えていたはずだ。表現のしかたは相手との関係によって違うかもしれない。
　でもよく考えてみれば、その**本音は〝あなたを大切に思う〟というひとつのメッセージに集約されるだろう。**

自分の味方を
見分ける方法

人間関係にまつわるトラブルを怖れるのはなぜだろう？

　互いに争って背を向けあった瞬間に敵と味方に分かれ、相手に関する誇張されたうわさと悪口が際限なく膨らんでいくからだ。他人の悪口ほどおもしろい話はない。悪口を言う人にとって、うわさの真偽は重要ではない。

　一方で、事実かどうか明らかになるまでは、むやみに人のうわさを口にせず、当事者に直接、なにがあったのかと確かめる人もいる。

　親しい間柄でなければ、うわさについてあえて触れずに、その人を避ければいい。 また、自分を信じてくれる人だという確信があるのなら、その人だけにでも釈明すればいい。

　いい人とクズのような人を区別するには、相手に親切に、やさしく接してみるといい。いい人なら、後日、君に恩返しする方法について悩むだろうし、クズのような人はそろそろ仮面を脱ぐ準備をするだろう。
　──モーガン・フリーマン

友達は
自分で選択した家族

　友達という名の仮面をかぶって、その関係を悪用する人が思ったより多い事実に驚かされる。

　苦しいときにそっぽを向かない人はなかなかいないが、うまくいったときに心から祝ってくれる人はもっと少ない。友人が成功したときに嫉妬と劣等感を抱かないでいるのは、友人が失敗したときに同情心を抱かないのと同じぐらい難しいことだ。

　さらに、相手がうまくいっているときはすぐ近くにいて、苦しいときにはそっぽを向いてしまうような人がいるとしよう。

　あなたはその人を友達だと呼べるだろうか。

　単に話を聞いてくれる人が必要だからといって何度も連絡したり、友人を自分の目的達成の手段としか考えていなかったりするなら、**それは友人ではなく、自分の感情のごみ箱にすぎない。**

　あなたが「つらい」と伝えたとき、「どうしたの？」といっ

てすぐに電話をかけてきてくれたり、駆けつけたりしてくれる人。

　自分についての悪いうわさが流れたとき、それが事実かどうかを必ず本人に確認してくれる人。

　素直な心情を話すことができ、意見の違いを認め、お互いを心から尊重できる関係こそが真の友情だ。

　環境が変わって互いに別々の場所にいるようになると、心と心の距離も離れてしまうと考える人もいる。それは当然の話だ。

　それでも、再会したときにすぐに打ち解けて安らぎを感じたり、沈黙さえも対話になったりするような関係の人。頻繁に連絡を取り合わなくても、積もる話を打ち明け、一晩じゅう話せるような関係の人。それが友人だ。

「友達は自分で選択した家族」

　という言葉が、私は好きだ。**一緒にいるときに不安に思うことなく、平穏な心持ちになれる相手は、その存在自体が休息をもたらしてくれる。**

連絡先リストに
目を通す

　私が携帯電話の連絡先リストに登録している友人の数は1000人を超える。でも、実際に連絡する人はそのうちの10分の1にも満たない。

　私は自分から積極的に誰かに連絡する性格ではないので、近況を聞いてみようかと悩んだすえに、結局は、いつも連絡を取り合う人だけに連絡することになる。たまに連絡先リストに目を通すことがあるが、リストがあまりに長いので、目を通すだけでもあっという間に30分たってしまう。

　そんなふうに時間を使ってみると、「本当に無駄なことをした」という気持ちになる。イギリスのサッカー、プレミアム・リーグのアレックス・ファーガソン監督は、「SNSは人生の浪費だ」という名言を残しているが、これは無意味な関係を気にすること自体が時間の無駄だという意味だと思う。

　人脈をどう管理するかをテーマにした記事の統計資料を見てみたところ、**成人男女の87.1パーセントが「人脈ダイエット」の必要性を感じている**ことがわかった。

つまり、自分にストレスを与えた人を連絡先リストから削除したり、定期的に連絡先リストを整理したりしたい気持ちになるということ。どうやら、人間関係を整理することも、現代の生活習慣のひとつになっているようだ。

　しかし、少し勇気を出して近況を尋ねたら、切れてしまった縁を取り戻せるのではないかと期待する気持ちを、誰もが心の片隅にもっているのではないだろうか。
　ひょっとすると自分と同じように考えている人がいるのではないか、「もしかしたら」という気持ちで自分と同じように携帯電話を握りしめ、ためらっている人がいるのではないかと、考え込んでみたりもする。

　１回連絡したぐらいでその人との縁を取り戻せるなら、それは魔法のようなことだと思う。
　連絡先リストに目を通す行為が偶然の行為だとすれば、その偶然を契機に縁をつなげるには、期待感をもちつつ、ためらわずにメッセージの送信ボタンを押すといい。

　すべての人を愛することができないように、
　　　　　　　　　　　すべての人から愛されることもできない

自分の価値をおとしめる
序列関係の害

　学生時代、各クラスに、それぞれのクラスの雰囲気をまとめてほかの生徒たちの上に君臨するグループがあった。そのグループの一員になりたくて、わざわざ自分自身を卑下してまで「2軍」になろうとする人までいた。

　クラス内でのこのような光景は、いまも昔も変わらないようだ。今後も、集団内で序列をつくり、互いを階級分けするような文化は簡単にはなくなりそうにない。

　私も学生時代には、そのような階級構造に気をつかった。学校の塀の外に出れば少しは違うかと思ったが、社会に出てからも、権力争いをして序列を決めようとする人が目についた。

　権力を勝ち取ったり、競争しようとしたりする習性が私たちのDNAに刻まれているのであれば、しかたのないことなのかもしれない。

　しかし問題は、**序列が一度決まってしまうと、失礼な言動が日常的なものになり、一線を越えてもたいした問題ではないとみんなが思ってしまうこと**にある。

序列が低い人が異議を唱えると、「僕らの仲ならこの程度の冗談は許されるよね」といった調子で相手の話をかわしたり、いわゆる「マジレス（まじめなレスポンス＝きまじめな返事）」というような負のレッテルを貼り、雰囲気を台無しにする人だと言って相手を追い込もうとしたりする。

　さらには、親切な人のことを軽く見て、親しくなるほど邪険に扱ったりもする。いったいいつから、自分の考えを正直に表明することが「マジレス」という負の言葉で呼ばれるようになったのだろう。

　集団内での影響力が大きい人や、自分が憧れている人の言葉は肯定的に解釈するのに、自分がぞんざいに扱う相手の言葉は否定的にとらえる。
　そんな雰囲気のなかでは、**まじめに怒る人だけが「おかしな人」**になってしまう。そして「自分たちは親しい仲なのだから」、あるいは「不快なら早く言えばよかったのに」という軽々しい論理で片づけられてしまう。

　このような言動は、**自分の意見をまじめに主張した人の表現の自由を抑圧するだけでなく、その人の内面に拭えない傷を残す**ことになる。

物は利用して、人は愛しなさい。
それを反対にしてはならない。
──ジョン・パウエル『信念の瞳で（Through the Eyes
　　of Faith）』

陰口を叩く人の
８つの心理

　他人の悪口を言う人の心理を、以下に挙げてみよう。

①ほかの人がうまくいっている姿を見るのが悔しい。その
　人を自分より下におとしめて優越感を味わいたい
②自分より劣っていると思っていた人に追い抜かれると、
　危機感を覚える
③自分が認めたことがない相手だから、その人のことが信
　じられない
④とくに理由はないが、相手が気にくわない
⑤まわりの人が悪く言っているから、自分もそれに合わせ
　よう
⑥人に暴力的に接するのが楽しい
⑦人の欠点を見つけるのが得意だ
⑧ほかにすることがない

　このほかにもいろいろな特徴があるが、要するに、彼ら
は劣等感にとらわれやすい。このような人たちは、自分の
長所だけを誇張し、欠点には目と耳をふさぐ。言い換えれ
ば、自分自身のことをよくわかっていない人たちだ。

自分自身のことさえ客観的に把握できない人の評価によって、私たちは自分の価値を決める必要はない。

　みんなに向かって自分の考えをはっきりと述べるのはいいが、悪口を言った人に釈明することに時間を浪費しないようにしよう。その人はすでにあなたを嫌っているので、あなたがどんな行動をしてもよくは思わないはずだ。

　すぐ近くにいてくれる人を信じて、目的地まで坦々と進んでいこう。背後で誰かから悪口を言われるということは、あなたはすでにその人より先を行っている証拠なのだから。

自分を守ることしか
考えられない気の毒な人

一時期、毎日舞い込んでくる悩み相談の大半が、人間関係の難しさを訴えるものだった。

相談者側の話だけで状況を 100 パーセント客観的に把握することはできないが、不思議なことに、トラブルが生じた背景にはひとつの共通点が見られた。悩みごとに登場する相手の言い分は、つねに次のようなものだった。

「君が僕のことを判断するのは間違っているし、
　君の考えは間違っている。
　僕が誤解されているのは、
　君が僕のことを信じられないせいだ」

つまり、ひと言でいえば、**自分がつねに正しいということになる。このような人とは、対話を通じて問題を解決することはできない。**

対話というのは、2 人が向かい合って言葉を交わし合うことだが、一方が背を向けて自分の言いたいことだけを言っていたなら、誤解が解けるはずがない。

どんな人でも世の中を自分なりの色眼鏡をかけて見ているというが、あまりに偏った立場から問題に向き合うと、簡単に解決できることも解決できない。

　このような人たちのもうひとつの共通点は、表面的には仲直りをするふりをしても、裏では相手の悪口を言いふらして、相手にストレスを与えるという点だ。
　劣等感のせいなのか、他人をなんとしてもおとしめて自分の価値を高めようとする狙いがあるせいなのか、よくわからないが、そこまでして生きていかなければならない自分の姿を客観視する日がくれば、きっと恥ずかしさを感じることだろう。

　遠くで犬がほえているからといって、一緒になってほえる人はいない。
　あなたの本音を知ろうともせずに、自分を守ることだけに夢中な相手のことは、気の毒な人だと思っておこう。少し耳障りでも、それがあなたの人生を揺るがすことはない。
　それでもなお、その人との関係をどうしたらいいかと尋ねるなら、もう一度、はっきり言おう。

「一度やられたんだから、
　どうすればいいか、もうわかるはず」

感動や気持ちを伝えるなら いろいろな方法で具体的に

　自分の気持ちが相手になかなか伝わらないときがある。たとえば、実際に見た美しい海辺の風景をくわしく説明してみたり、海辺の風景を撮った写真を見せてみたりしても、相手は「まあまあいい感じの海だね」という程度にとらえて、あなたの話を受けながす可能性が高い。

　人は、自分が知っている範囲でものごとを解釈し、理解するものだ。あるいは、理解できなくても理解したふりをしてそのままやり過ごす。

　じつのところ、私は、**相手が発するすべての言葉を100パーセント理解する必要はない**と考えている。そこまでしようと思えば、その人についての背景知識や高度な集中力が必要になるが、私たちは日常的な会話にそこまでのエネルギーを使ったりはしない。

　誰かとのやりとりのなかで、自分の真意が伝わらなくて悲しい気持ちになった経験は、誰にでも一度はあると思う。
　しかし、考えてみると、私たちも毎回、相手の真意をそのまま受け入れて生きているわけではない。人間というの

は、それほどまで利己的で矛盾しているものだ。

　それでも、自分の心をもう少し効果的に伝える方法はある。それは、**ふだんとは違うやり方で表現してみること**。

　同じ「愛している」という言葉でも、電話で伝えられるのと直接会って伝えられるのとでは、感じ方が違う。同じ長文のメッセージでも、メールで伝えるのと、メッセージアプリで送信するのと、手紙を送るのとでは、明らかに伝達力が違う。なにかの問題が起こったとき、携帯電話のトークアプリでは真意や微妙なニュアンスを伝えるのは難しい。だから、少なくとも電話をするか、直接会って話したほうがいい。

　人の気持ちは、表現のしかたで伝わり方が変わる。自由に発言してよいが、あなたが何気なく口にしたひと言を、相手は何百回も噛みしめるようにして悩むかもしれない。**言葉は耳から入り、心の奥深くに根づくものだからだ。**

　もちろん、いくら慎重に話しても、誤解が生じることがある。どちらか一方の過ちというより、あなたの伝え方が未熟だからかもしれないし、相手の理解の幅が狭いからかもしれない。だから、**誰かときちんと対話したいなら、互いがつねに努力し続けなければならない。**

親しい友達に
劣等感を抱くとき

　中学時代から付き合ってきた友達がいる。当時は2人とも若かったので、友達は自分の知識をやたらと私に誇示しようとし、私のほうはなにも学ぼうと努力せず、友達のそんな態度にプライドが傷ついたりした。

　だから私は、その友達にはない自分だけの才能を前面に出して自分のプライドを守り、無理に強がっていた。

　いま振り返ってみると、中学生同士の子どもじみた意地の張り合いにすぎなかったが、あのころはなぜ、それほどまでに劣等感を抱き、深刻に受け止めたのだろうか。

　もしかしたら、当時の私が自分のことを、他人より不出来で価値のない人間だと思っていたからではないだろうか。**抜きん出た才能はないが、友達より劣っているのは嫌だから、自分の価値を守るためにあがこうとしていたのだと思う。**

　そんなふうに未熟だった私たちが、いつのまにか大人になって、それぞれ別の道に進むことになった。私たちはいま、別の分野で夢をかなえようと努力する相手を尊重し、

尊敬している。互いに成熟したおかげで、劣等感は抱いていない。

　もしあなたが、**自分を友達と比較して覚える劣等感をすぐに解決できないなら、友達としばらく距離をおくのも悪くない。しかし、少しの寄り道で大切な友達を失う恐れもあることは念頭においておこう。**

　劣等感というのは、人生に適度な刺激を与えたり、原動力になったりもするが、度が過ぎると副作用を招く。
　緊張が重なった状態で取り返しのつかないミスを犯したり、自滅の道を歩んだりもする。
　数え切れないほどの小説やドラマ、映画のなかで、登場人物が劣等感にあえぎ、誤った選択をくり返すようすは、あなたもよく知っているはずだ。

　だから、自分のためにも友達のためにも、劣等感を克服するよう努力を続ける必要がある。

　劣等感を克服するのは思っているより簡単だ。**自分の長所を発見し、それを認めること。**自分の長所を見つけるためにできることは２つある。

　ひとつは、**これまで自分がやってきたことを振り返るこ**

と。自分が習慣的に行ってきたことのなかに、じつは自分だからできたことがきっとある。過去を振り返りながら、自分自身を見つめなおしてみよう。

　2つめは、**他人から褒められた記憶を思い出すこと。**
　もし覚えていなければ、まわりの人に直接聞いてみよう。自分から見た「私」と他人から見た「私」のあいだには、明らかな違いがあるので、他人の目を通して自分はなにが得意なのかを見つけられるかもしれない。

　このように自分自身を振り返り、自分がもっているものに意識を集中すれば、きっと建設的な時間を過ごせるはずだ。

　すべての人を愛することができないように、
　　　　　　　　　すべての人から愛されることもできない

忠告が必要なときと
そうでないとき

　自分が間違った道を歩んでいるとき、あるいは自分の間違いが明らかなときに、それを指摘してくれる人は多くない。

　下手に口を出したら誤解を招いて嫌われるかもしれないなどと考えたり、結局は他人事だと思ったりするからだ。

　だからこそ、こちらの顔色をうかがうことなく、違うことは違うと言ってくれる人がいてくれるなら、とても心強い。

　忠告というのは、単に正しいことを相手に伝えるだけではない。**その人に対する関心と愛情、そして心から相手を思う気持ちがともなわなければ、忠告とはいえない。**

　もちろん、必ずしも誰かの忠告に従わなければならないわけではない。その人の考えがそのときどきの状況に合わない場合もある。

　でも、多くの困難を引き受け、勇気を出して忠告してくれる人がいたら、まずは誠意をもって話を聞く必要がある。

　旧約聖書『箴言』13章1節には次のようにある──「子

は父の諭しによって知恵を得る。不遜な者は叱責に聞き従わない」（日本聖書協会『聖書 新共同訳』）。

　つまり、人の話を忍耐強く聞く態度が大切ということだ。**周囲の人の言葉に耳をふさいだまま、自分だけが正しいと信じる姿勢は、やがて災いを招く。**

　では逆に、忠告が必要ない場合というのは、どんなときだろうか。何十回、何百回と悩み考えたうえで身近な人に悩みを打ち明けても、次のような返事が返ってくることがある。

「いくら大変でも、そんなに愚痴をこぼすもんじゃない」
「君だけが大変だと思ってるの？
　みんな同じように大変なんだよ」
「やろうと思えばできないことはないのに、
　なぜできないの？」

　一見するともっともらしい言葉ではある。しかし、仮に**正しい指摘だとしても、結果的に相手を侮辱することになるような伝え方をしてはならない。**他人の人生の重さを勝手に推しはかり、一般化する姿勢は危険だ。

　誰かから悩みを打ち明けられたとき、共感と慰めが必要だと思ったら、まずは相手の気持ちを聞いてあげること。

　すべての人を愛することができないように、
　すべての人から愛されることもできない

そして、あなたは十分にがんばっていると、応援の言葉を
かけてあげよう。
　まず、その人の不安な気持ちを和らげ、少し時間をおい
て、その人があなたのアドバイスを受け入れられる状態に
なったときに、考えをよく整理してから話をしたほうがい
い。**言いたいことは、相手の話をすべて聞いてから話して
も遅くはない。**

　友達がまさに苦しんでいる瞬間だけは、黙って話を聞い
てあげ、その気持ちを汲んであげてほしい。誰かの悩みに
ついて、まるで裁判官のように問いただすのはやめよう。

　**話しかけるより、傾聴すること。批判より、激励するこ
と。中途半端な忠告より、真心を込めて慰めること。**
　そういったことが、その人の力になる。

老害と年齢の
相関関係

「俺の時代にはね」──最近、「ラッテ」と呼ばれるこのような話し方が、いわゆる「老害」と称される人々の代表的な話法として定着した。

「老害」とは権威的にふるまう既存世代を指す言葉だが、必ずしも高齢者だけが該当するわけではない【訳注:「ラッテ」は、韓国語の「ナッテヌンマリヤ（俺の時代にはね）」というフレーズを縮めた「ナッテ」に由来する】。

　職場はもちろん、大学や高校や中学校にも、先輩・後輩の序列がある。韓国社会の基底にいわゆる「クソ軍紀」文化があるからだ。

「ラッテ」の話法で話す機会をさぐる先輩たちは、後輩の身なりや言動を取り締まるだけでなく、私生活にまで干渉しようとする。先輩に目をつけられた後輩たちは、喝を入れられるだけでなく、実際に暴行まで受けたりもする。

　高麗大学社会学科のユン・インジン教授は、このような現象について次のように説明する。

「古くから存在する序列文化、いわゆる老害的文化を、若

い世代がこれといった代案もないまま自然に踏襲しはじめたのです」

　もちろん、必ずしも後輩がパワーハラスメントの対象にされるわけではない。先輩が後輩を尊重し、配慮したとしても、後輩側がみずから一線を越えたり無礼にふるまったりするケースも少なくない。
　先輩側は、自分が経験した理不尽な思いを後輩にさせないように努力する必要があるし、後輩のほうは気安く接してくれる先輩を「扱いやすい人」とみなさないように注意しなければならない。

　そうしてこそ、先輩・後輩のあいだでの不必要な緊張関係がなくなり、望ましい関係を築くことができる。知り合いの看護師から、次のような話を聞いたことがある。

「私は、後輩たちに理不尽な接し方をするのはやめようと思いました。そして、自分の仕事に励みつつ、後輩たちに精いっぱい、手を貸そうとしたのです。
　上は先輩、下は後輩の面倒を見るのは大変でしたが、結局、その努力が認められるようになりました。
　私が指導し、仲良く過ごしてきた後輩たちが、彼ら自身の後輩たちをやさしく指導する姿を見ると、胸がいっぱいになりました」

「私は苦労してきた。だからおまえも同じ思いをしてみろ」

　と考えるより、

「私を苦しめた人たちと同じように行動しないよう、
　努力しなければ」

　と思うようにしよう。
　もちろん、優しい先輩という役割は、いくらでも引き継
いでかまわない。

　　すべての人を愛することができないように、
　　　　　　　　すべての人から愛されることもできない

優越感についての
錯覚

　何億ウォンもの年俸を得る有名人や、社会的に名誉ある地位にいる人との付き合いを過度に自慢する人がいるが、私はそうした行為が理解できない。自分にはなんの能力もないのに、すごい人たちと親しくしているというだけで優越感をほのめかす行為は、あまり本人のためにもならない。

　本当に能力のある人は、有名人と親しいなどとはあえて口にしない。むしろ、他人を褒めたたえることはあっても、あえて自分を上に見せようとはしないものだ。

　特殊な状況でもないかぎり、他人の権威を利用して自分を上に見せようとすることは、第三者の目にもよくは映らない。他人の名誉を利用しようとする人は、人間関係の幅が狭くなる。人が勝手に離れていくからだ。
　なによりも、自分が他人より優れているという錯覚は、結局のところ本人がもっているものをすべて失わせる。
　いまの世の中がいくら自己肯定感を強調する流れにあるといっても、度を越してはならない。**自分に対する信頼も、他人とのつながりのなかで生まれるものだからだ。**

誤解を解くのにも
ゴールデンタイムがある

「不満があるなら、そう言って！
　言ってくれないとわからない」

　誰かがなんらかの理由で心を閉ざしてしまったとき、人は相手に向かってこのように言いがちだ。誤解によってこじれた関係を修復するには、対話が欠かせない。

　しかしその対話には、ゴールデンタイムが存在する。**時間が経過するほど人間の記憶はゆがめられ、一度傷ついた心は少しずつ膿んでいくからだ。**

　対話は問題を解決するための第一歩だが、その第一歩が遅れると逆効果になりかねない。もちろん、早いうちに話し合って円満に解決したのに、相手が裏で余計なことを言っているようなら放っておこう。その相手は、もともと争いを楽しむタイプである可能性が高いからだ。

「誤解」とは、文字どおり、理解を誤ったという意味だ。
　つまり、話し手の意図を聞き手が誤って把握したのだ。実際、誤解が確信に変わるまでにはそれほど時間はかから

ない。**たいていの人は、自分が最初に理解したことが事実だと信じて生きていくからだ。**

　誤解を解くゴールデンタイムを逃したなら、相手がみずから気づくまで待つか、あるいは自分の行くべき道をまっすぐ進んでほしい。

　誤解というのは、どんな状況でも生まれる可能性があり、事の大小にかかわらずすべてが誤解の発端になる。
　あなたの伝え方が間違っていたのかもしれないし、雰囲気や状況がよくなかったのかもしれない。あるいは、相手があなたの話に耳を傾けていないからかもしれないし、誤解してしまうような心理状態だったのかもしれない。

　このように、誤解はさまざまな理由で発生するので、誤解されたからといって、あまり傷つかないようにしよう。
　というのも、自分の望みどおりに状況を完璧に統制するには、いずれにしても変数が多すぎるのだから。

　しかし、**誤解を解くことができる状況にいるなら、それを解くために可能なかぎり努力してみよう。**それが相手に対する配慮であり、相手との関係に対する礼儀だ。そしてそれが、**結果的に自分のためにもなる。**

今日の出会いが
最後だとしたら

　人は死ぬ直前に人生の「走馬灯」を見ると言われている
が、そのときに見えるのは日常生活のさまざまなシーンだ
という。このことは、**特別ではない平凡な時間が、じつは
最も大切な時間だったことを暗示している**のかもしれない。

　年齢を重ねるほど、出会いと同じぐらい、別れを経験す
る。突然の訃報に大きな喪失感を覚えたり、大切な人を失っ
た人を慰めながら一緒につらい時間を耐えたりもする。
　だからといって、つねに別れに備えて生きるほどには、
心にゆとりをもてないのも事実だ。

　父の葬儀で棺の前に立った息子は、悲痛のあまり崩れ落
ちたが、結局、また立ち上がって生きている。二度と生前
の姿を見ることができず、頭のなかで思い浮かべるしかな
いという現実を受け入れるまで、かなりの時間がかかった。

　父親の最後を見守った息子は、心の奥底にひとつの誓い
を刻んだ。

　すべての人を愛することができないように、
　　　　　　　　すべての人から愛されることもできない

「今日の出会いが最後かもしれないから、最善を尽くそう」

　と。ただそれだけだ。いつも最善を尽くすなんて、どうしたらできるのか。そんな疑問も浮かぶ。

　しかし、当然と思っていた日常の瞬間が最後になってしまうようなことは、これまでに幾度となくあった。だから、すぐ近くにいる人の大切さを忘れずに、一緒にいられることに感謝できる人になろうと決心したのだ。

その人のすべてを知っている
と思うのはやめよう

いつのころからか、人を信じられなくなった。

ちょうど半分ぐらい、一歩踏み出すぐらいだけ信じておく。そして、人と適度に距離をおいて、傷つく準備を整えておく。

しかし、それほどまでに悲壮な覚悟を固めてようやく自分自身のバランスを保てるような人間関係は、いったん見直す必要がある。その相手は、本当にあなたに安らぎを与えてくれる友人といえるのだろうか。

精神衛生上、リラックスできない関係がよいとは言いがたい。その相手が問題だということではない。しかし、**その人が本当にいい人だとしても、人間関係上のトラブルは自分でコントロールすることはできない。**

警戒する必要がある相手には緊張を緩めずに接し、もしそれで疲れを感じるなら、ありのままの姿を見せても平気な人のそばにいるようにしよう。**一緒にいれば心配と悩みが軽くなるような相手と、しばらくのあいだ時間を共有するだけでも、ずいぶんと心が軽くなる。**

人は、ひとりですべてを抱え、問題を克服できるほど強くはない。そんな人はごくまれにしかいない。私自身、そんな人物ではない。

　もしいま、親しくなろうとしている人がいるなら、その人が見せる姿を信じてもかまわない。
　ただし、その姿がその人のすべてだとは思わないでおこう。これから起こりうる無数の状況のなかで、その人がどんな行動をとるかまでは、わからないのだから。**適度な距離をおきながら、お互いを知るための時間を十分にもとう。**

　親子でさえ、互いについてよく知らないことも多い。ましてや、本心を分かち合わない関係の場合はなおさらだ。

「そんなこともあるよね」と受け入れる

「そんなこともあるよね」

　私がよく口にする言葉だ。**この言葉は、**批判が必要なときに見過ごしてしまう言い訳にもなりかねない。だが、**もしあなたが他人に対してもう少し鈍感になりたいと思っているのなら、きっと役に立つ。**

　私たちが生きている現代社会では、毎日、数え切れないほど多くの事件が起こる。ただし、自分と関連のあるものはあまりない。

　すべての事件の原因を突き詰めていくと、たちまち疲れてしまう。精神が研ぎ澄まされた状態が長く続けば続くほど、精神的な疲労がたまり、日常生活にもよくない影響が及ぶ。**時にははりつめた神経を緩めることで、心の平穏を取り戻せる。**

　頭を休ませる方法は、なにもしないか、なにかに没頭すること。だが、いつもそうできるとは限らない。次々と悩みが頭に浮かぶのを、意識的に止めなければならない。

　すべての人を愛することができないように、
　すべての人から愛されることもできない

その方法は簡単だ。ものごとを理解する幅を広げさえすればいい。たとえば、次のように考えてみよう。

　思いがけず、卑劣であきれかえるようなことに遭遇しても、そのことで苦しんだり、いらいらしたりしないように。
　知識がひとつ増えただけだと思いなさい。人間の性質を学ぶなかで考慮すべき新しい要素が、ひとつ増えただけだ。
　非常にめずらしい鉱物標本を偶然、手に入れた鉱物学者と同じように振るまいなさい。
　──アルトゥール・ショーペンハウアー

　要するに、人に接し、人と関係を結ぶなかで、それまで知らなかった事実を新たに知ったのだと考えなさい、ということ。
　もちろん、一度では終わらない。これからもあなたは、人について新しいなにかを知っていく。親しい人でも、そうでない人でも、あなたがその人について知らないという事実は変わらない。

　人は親になってからそのありがたみに気づく、とよくいわれる。しかし、自分がいざ親になっても、自分自身の親を完全には理解できないのではないか。**人の内面というのは、このように複雑で、いくら知ってもきりがないものだ。**

どんな相手とも
適度な距離感が必要な理由

　人間関係における「距離」とは、互いに侵すことのできない、干渉することのできない領域をいう。

　通常、親しくなかったり、よそよそしい関係だったりするときに距離があると感じるが、たとえ親しい仲でも必ず距離をおく必要がある。**互いに適切な距離、間隔があってこそ、私たちは傷つかない。**
　距離があるにもかかわらず傷つくなら、それはまだ、あなたが独り立ちできていない証拠だといえる。

　人が人に対してもつ感情は、じつに繊細で複雑だ。その代表的な感情が「愛憎」だ。愛する心と憎む心が混在したこの感情は、家族のあいだでよく見られる。
　離れることが難しい関係ほど、距離を確保しなければならないと、私は思っている。物理的に遠ざかると、相手を別の角度から眺めることもできるし、相手に抱いた憎悪や怒り、恨みのような感情が自然に和らいだりもする。

　私は大人になるとすぐに、母から独り立ちした。母親と

　　すべての人を愛することができないように、
　　　　　　　　　　すべての人から愛されることもできない

離れて過ごすと、それまで抱いていた怒りや恨みがある程度解消されるだけでなく、あれほど憎んでいた母に優しくしなければならないという気持ちにまでなった。

　もし相手との距離が近すぎるせいで悩んでいるなら、しばらく離れて考えを整理してから、もう一度会ってみるのはどうだろうか。きっと、また違った感慨を覚えるはずだ。

　しかし、物理的に距離をおくのが難しい場合もある。そんなときに必要なのも、やはり距離をおくことだ。
　その方法のひとつは、**プライベートな話をあまりしないようにすること**。ふだんの会話で形式的に近況を尋ねたり、答えたりするぐらいはかまわないが、変に仲が深まるような話題や悩みは、あえて口にしないほうがいい。
　積極的に親しくなりたい人でないのなら、言葉をつつしむことが賢明な距離の取り方になる。

感情の起伏を抑える
５つの方法

１．感情を表現できる活動をしよう

　つねに気持ちのよい状態を維持することは不可能だ。**自分を苦しめる痛み、悲しみ、憂うつ、不安を解消する方法を知っておく必要がある。**

　気軽に試せる方法として、まずは趣味を見つけて楽しんでみよう。スポーツ、絵を描くこと、読書、登山、ゲームなど、自分を発散できることならなんでもいい。
　趣味を通じて活力を得られれば、憂うつな気分だったことを忘れるぐらいに心が晴れるのを実感できる。

２．意識的に休息をとろう

　なんでもうまくやりたいと思うかもしれないが、その気持ちが強いほど、ものごとがうまくいかないときに感じる自責の念も大きくなる。
　なにかをするときに計画どおりに進められることはなか

なかない。だから、次の機会を待つ気持ちで、休むときは休むようにしよう。

　ほしいものを手に入れたいと思ったときには、「運」が大きな要素として作用する。

　運は努力だけで得られるものではない。状況を見守りながら、進むべきときと止まるべきときを見極められる人になろう。落ち着きをもって行動すれば、いっときの気分に振り回されることが少なくなる。

３．感情は天気と同じようなものだと認めよう

　感情の起伏が激しいからといって、自分を責めたり怖れたりする必要はない。

　人は誰でも、１日に何度も、さまざまな感情の変化を経験する。理由もなく憂うつな日もあれば、理由もなく気分がいい日もあるはずだ。

　憂うつだからといって無理にがんばらなくてもいいし、まわりの人のことを気にして無理に笑わなくても大丈夫。

４．自分を表現しながら生きよう

　まるで、熱湯に浸かってどれだけ耐えられるかを試すように、自分の感情を抑えたまま生活している人がかなり多

い。彼らは、気持ちの弱さを誰かに打ち明けたら自分が崩れてしまうのではないかと怖れ、相手に同情されたくないからといって、いっそう我慢して耐える。

　しかし、表現できなかった感情は、自分のなかで決して眠ってはいない。ときおり、我慢に我慢を重ねて一度に感情を爆発させる人がいるが、それはその人が神経質だからなのではなく、**いくら時間がたったとしても抑え込んだ感情は消えないからだ。**

　ぐっと抑えた感情は、なんらかのかたちで現れるものなので、ふだんから自分をうまく表現しながら過ごすのが精神衛生上もよい。

５．自分を落ち着かせる人をそばにおこう

『ヒョリの民宿』というバラエティー番組に、印象深い場面が出てくる。ホストを務めるイ・ヒョリが、歌手のIUに向かって

「なにかに執着してしまうことはある？」
　と聞いた。IUは少し考えてから、

「私は平常心を保つことに執着があるみたいです」

と答えたあと、次のように続けた。

「自分が浮ついていると感じると、気分がよくないんです。
　自制心を失った気がしてしまって……」

　彼女は感情を抑えることが習慣になっていた。それとは
対照的に、イ・ヒョリは、

「私はいまほど笑わないように、泣かないようにして、
　感情の起伏を減らしたい」
　と話した。そしてIUに向かってこう言った。

「私たちはお互いに反対の傾向をもっているんだね。
　一緒にいたら相乗効果が生まれそう！」

　似た傾向をもつ人同士の関係は安定しているかもしれな
いが、大きな相乗効果は期待しにくい。その反面、**反対の
傾向をもつ人同士は、足りないところを補い合える**。
　自分ひとりで感情をコントロールするのが難しければ、
心を落ち着かせてくれる人をそばにおくのがお勧めだ。

あなたという存在は貴い。
誰がなんと言おうと

　自分は貧しいし、取るに足らない人間だと思って生きてきたひとりの生徒が、失意のなか、ある日、先生に尋ねた。

「僕にはなんの望みもありません。
　僕を必要とする人もいないと思います。
　こんな僕にとって、人生になんの意味が
　あるのでしょうか？」

　すると先生は、ほほえみながら答えた。

「落ち込むことはない。
　誰も君を必要としていないだなんて、
　決してそんなことはないよ」

　先生は、その生徒に、松の木が描かれた１枚の絵を手渡した。

「明日の朝、市場に行ってこの絵を売ってみなさい。でも、誰がいくら払おうとしても、絶対に絵を渡してはいけないよ」

生徒はいぶかし気に絵を受け取ると、次の日市場の片隅で「松の絵を売ります」と叫んだ。すると、その絵を買いたいという人たちが現れた。

　しかし、いくら高い値段をつけても生徒が絵を手渡してくれないのを見ると、人々は次のように言いはじめた。

「あの絵にはなにかがある」
「重要なメッセージが込められているにちがいない」

　絵の価格はますます吊り上がっていった。翌日、生徒は先生に、市場で起こったことについて話した。すると先生は笑いながら言った。

「明日は、その絵を街に出て売ってみなさい」

　生徒は、先生の言うとおり繁華街に絵をもっていった。絵の値段は前日に比べて20倍にも高騰した。うわさが広がると、人々はそれを「作品」と呼びはじめた。ほかの作品と一緒に展示会を開いてみないかと提案する人まで現れた。生徒が街で起こったことを先生に伝えると、先生はほほえんで言った。

「人間の価値は、その絵と同じように、どんな環境におかれるかによって変わるんだ。個性のある絵ほど、人によっ

て評価は異なる。たとえつまらない絵でも、誰がそれを眺めるかによって、価値が変わるということだ。

　君も、自分がこの絵のようだと思わないか？

　なによりも重要なのは、君が自分自身を大切にしてこそ、君の人生の価値も上がるということだ。それが、意味のある人生の第一歩になる」

　人の価値をなにで証明するかは、長いあいだ論争の種になってきた。みずから自分の価値を証明した人が注目される世の中で、そのような人に憧れたり、劣等感を覚えたり、さらには自分をおとしめたりする人さえ出てくる。

　しかし、特別な存在にならなければ価値がないのだろうか。むしろ、**自分が自分にどのように接し、自分をどんな人として定義するかが、自分の価値をはかる出発点ではないか**。

　あなたが自分でなにを大切にし、なにに価値をおいているかを知っているなら、それを追求して生きていけばいい。

　すべての人を愛することができないように、
　すべての人から愛されることもできない

第 2 部

自尊心についての
でたらめな脚本を書き換える

周囲の評価に
振り回されない

　私は、月に 1000 万ウォン（約 100 万円）を稼げるように
になろうと心に決めたとき、誰にもそのことを打ち明けな
かった。私の現状を見たら、みんなからあざ笑われるだろ
うと思ったからだ。

　しかし、そう決心してから 1、2 年のうちに、私は目標
を達成した。他人の言葉をただの主観的な意見にすぎない
と思って、その意見に振り回されないことが、私の特徴の
ひとつだ。

　高校時代に付き合いのあった友達はみな、

「僕らの学校は評判がよくない」とか、
「こんなことを学んでもしかたない」と考えていて、

　授業中はだいたい寝ていたりするなど、学業をおろそか
にしていた。私が通っていた高校では、勉強に没頭するの
ではなく学業を早々にあきらめてしまう人が多かったので、
生徒たちは自分の環境を否定的にとらえていた。そのため、
多くの生徒が、自分の人生はもう駄目だと決めつけていた。

そんな雰囲気のなか、ひとりで自己啓発本を読んでいた私は、はたから見るとおかしなやつに見えたかもしれない。

大学の新入生時代もそうだった。じつはその後、中退してしまったのだが、遊びたい年頃なのにひとりで図書館に行って本を読み、文章を書く私を見て、同期の仲間たちは陰気くさいやつだなというぐらいに思っていたと思う。

コンビニでアルバイトをしながら文章を書いていた当時、もし私が、自分を見下す視線にひるんで、みずからの限界を決め、文章を世に出さなかったとしたら、いまの私はいなかった。

もしまわりの人が、私がしていることや、私の夢や目標などに評価を下したり、実現できないだろうと考えていたりしたとしても、それは他人の主観的な意見にすぎない。

見過ごしてはいけないのは、人は自分が知っている部分しか見ないということ。あなたが頭のなかに描いた絵を、他人が完璧に把握するのは、ほとんど不可能だ。

だから私たちは、他人の言葉を聞き流す方法も知らなくてはいけない。

「適当」に
暮らすのが一番

　数年前から、余裕のある暮らしへの関心が高まっている。余裕のある暮らしとは、仕事と生活のバランスを適度にとることを意味し、がんばりすぎない姿勢も含まれる。

　このような生き方をどれくらい受け入れるかは、人によって違うだろう。だが、完璧主義の傾向が強かったり、強迫観念があったりする人なら、「適当に」という単語をいつも念頭において生きるのも悪くない。

　この場合の「適当に」とは、自暴自棄になって適当に生きることを指しているのではない。**私が考える「適当に」とは、自分で状況を判断できることを意味する。**
　進まなければならないときには進み、止まらなければならないときには止まれるよう、状況に応じて必要な行動をとる総合的な判断能力を備えること。それが「適当に」の定義だと、私は思っている。

　恋愛が苦手な人の特徴のひとつに、その場の空気が読めないことがある。だが、それは恋愛に限った話ではない。

空気の読めない人は、適当なやり方を知らない。最善を尽くして愛することと、情熱を注ぐ対象に心を尽くすこととなると話は別だが、時には立ち止まって、まわりの景色を見渡す余裕をもってみよう。

　なにかに執着する必要はない。**幸せな人とは、手放すことができる人であり、だからこそ自分自身を苦しめるようなこともないのだから。**

葛藤を
整理する時間

　私たちは、ひとりでいるときに多くのことを考える。恋人とのけんか、友達との付き合いで傷ついたこと、あるいは同僚との緊張関係まで。
　個人間のトラブルと社会で経験する構造的な葛藤、そのほかにもさまざまな事件や問題のせいで、1日のうちに数え切れないほど悩みが生まれる。

　そんなとき、極端な思考に突き進んだり、偏狭な考えをもったりしないように注意しなければならない。

　たとえば、社会構造や環境が原因でまだ解決されていないことを、自分の未熟さのせいにする必要はない。
　反対に、自分の過ちについて理にかなった批判を受けたにもかかわらず、他人のせいにして責任を回避したとしたら、それもまた成熟の道をみずからふさぐことになりかねない。

　ひとりでいる時間は、自分を振り返る時間だ。善悪を判断する時間というより、複雑な思考を整理する時間。

　自尊心についての
　　　　でたらめな脚本を書き換える

他人との関係は大事だが、「私自身」との関係はもっと重要だ。

　孤独を怖れないでほしい。

　誰にでも、ひとりでいる時間が必要なのだ。ひとりだけの時間は、ただ寂しいだけの時間ではない。
　心を楽にして自分と向き合い、自分を慰める時間であり、積極的な思考をおおいに広げる機会だ。

　その過程を通して、おのずと自信が高まっていく。

失われた自尊心を
取り戻す

　家庭、学校、職場など、どこに行っても、「自尊心」という概念の正しい意味を教えてはくれない。

　私たちが直面している現実と複雑な環境のなかで、自尊心を育てることは簡単ではない。望むと望まざるとにかかわらず、**みんなが直接ぶつかり、傷を負いながら自尊心を取り戻すのだ。**

　誰かと出会って愛を交わし、別れる過程、あるいはそれ以外にもあらゆる状況を通じて、人は傷つくと同時に成長していく。そして試行錯誤のすえ、結局、自分は価値のある存在だという事実を受け入れ、よりよい自分になるために努力する。
　そうしながら、私たちはひとつの気づきを得る。**それまで自分に対してみずから下していた評価は、結局のところ、他人の基準や意見を反映した結果だったのだ、と。**

　自分の長所はなんなのかと、あれこれ突き詰めて考え、自分にむち打ったりしなくてもいい。

自分に関する肯定的なアイデアを、思いつくままメモ帳に書き出してみよう。些細なことでもいい。

　他人に褒められた記憶、恥ずかしくてこっそり実践した善行、これくらいなら誰にでもできると言って卑下した自分の能力を、すべて書き出してみよう。

　根拠のない自信は悪乗りになるが、**事実を根拠にできるなら、少なくとも他人のせいで自尊心が傷つくようなことはなくなるはずだ。**

自分のぎこちない
感情と向き合う

　私たちは幼いころ、教科書を使って国語や算数などを学んだ。そして、まるでそうした教科のひとつのように、友達と仲良く過ごさなければならないという使命があることを大人たちから学んだ。

　ところが、人間関係で実際にトラブルが生じたとき、それをどのように解決したらいいのか、怒りと悲しみのような感情を前にしてどうやって自分を慰めたらいいのかを教わることはなかった。

　心理学者のイルゼ・サンドは『感情のコンパス（The Emotional Compass）』という著書のなかで、嫉妬という感情を通して、自分に欠けているものや、自身の抑圧された欲望を知ることもできると述べている。

　しかし、私たちは日常生活のなかで、感情を分析する方法を簡単に得ることはできない。このような方法があることを知るためには、本を読んだり講演を聞いたりするしかない。

　私たちが感じる感情は、もちろん完璧ではない。おそらくあなたは、そのぎこちない感情を飲み込み、ひそかに涙

を流した経験があるのではないだろうか。

　それなら、**しっかりと時間をさいて、手に負えないその感情を解消したほうがいい。**ノートを用意して、それをあなたの感情のゴミ箱にし、紙の上に本音をぶちまけてみる。
　あるいは、あなたの話をよく聞いてくれそうな人を探して話してみよう。そうやって、ひとつずつ荷を下ろしていけばいい。溜まった感情を処理するのが目的なので、どんな方法を使ってもかまわない。

　そのあと、自分の感情を客観的に見つめ、コントロールするために努力しよう。
　怒り、喜び、悲しみなどの気持ちは、人が所有する数多くの感情のひとつにすぎず、それ自体が自分自身であるとは言えないと、イルゼ・サンドは主張している。つまり、**感情と自分自身は別のものだということになる。**

　もし自分の気持ちがよくわからないというなら、否定的な感情が込み上げたときに、自分の現在の状態をメモ帳にくわしく書いてみよう。**心配、疑い、憎しみ、嫉妬、イラ立ち、不安など、自分が感じる感情を一目で見えるように整理するだけでも、気持ちがほぐれるのを実感できる。**
　そうすれば、自分の感情を少しは客観的に把握できるだろう。

元気に過ごしていたのに
感情がふと込み上げるとき

　ふだん元気に過ごしていても、ふと、

「いま感じている幸せはいつか消えるのではないか」
「私は結局、いずれ消えてしまうものに
　しがみついているのではないか」

という思いにかられるときがある。
　人生に疲れた私にとって、この苦痛がいつか終わるという事実だけが希望と呼べるものだった。だから、つらいなかでも、遠い将来に幸せになれる瞬間だけを夢見て、耐えてきたのかもしれない。

「いまの私の現実がどうにか変わってくれたらいいのに」

　と切実に願いながら、現実逃避をしてきたのかもしれない。愛と友情、そして私がやろうとしていることへの期待が大きければ大きいほど、返ってくる失望もあまりにも大きかったからだ。
　希望なんてなんの役に立つのか。私はよく、そう思って

悲観的になっていた。

　にもかかわらず、私は堂々巡りのように流れていく人生に飛び込むことに決めた。

　生きているあいだ、一瞬だけでも確かな幸せを味わったから。

　そして、どんな場所にいても幸せを見つけるのは難しいが、その幸せは思ったより近いところにあることを知っているからだ。

　過去の記憶にとらわれて自分自身を束縛しないでおこうと思う。いまの私の人生を、不確実な未来の担保にするつもりはない。

自尊心が
低い人、高い人

　自尊心の低い人と高い人には、それぞれどんな特徴があるのだろうか。

　じつを言うと、これといった特徴があるわけではない。**学術用語で分類をするように人を区別する必要はない**と、私は思う。

　インターネットでよく見かける「自尊心の高い人の７つの特徴」といった文章は、あまりにも抽象的だ。伝えようとするメッセージが明確でなければ、それだけ解釈も多様になり、誤解されやすい。

　そうやって、誤った情報の枠組みのなかにみずからを閉じ込めてしまう。そしてそれは、自分に対するゆがんだ認識をもつきっかけにもなる。

　むしろ、次のような簡単なテストをしてみることをお勧めしたい。

「あなたは役に立たない人間だ」

　このような言葉を聞いたとき、あなたはどんな気分になるだろうか。

自尊心についての
でたらめな脚本を書き換える

少しでも気分を害したなら、それはあなたが自分のことを役に立たない人間だとは思っていない証拠だ。わずかかもしれないが、あなた自身がうまくやっているという思いがあなたのなかに存在するからだ。

　毎朝、つらいながらも起きて出勤する会社員と、夜遅くまで勉強する学生、休みの日にも仕事をする生産者、交通機関の乗務員、あるいはコンビニでアルバイトする人まで、みんなそれぞれの場所で自分の役目を果たしている。
　学費を稼ぐためにアルバイトをする大学生が、会社員をうらやむ必要はない。逆に、会社員は、その気になればいつでも旅行に行ける学生の身分をうらやましく思ったりもするのだから。

　人生というマラソンを走りながら、他人のコースばかり眺めていると、自分が進むコースに満足できなくなる。
　どのみち自分だけの道を進むと、ほかの人のコースからは遠ざかるものだ。自分の目の前にあるコースをどうしたら完走できるかを考えればいい。途中で休んでもいい。走ってもいいし、ゆっくり歩いてもいい。

　誤った情報の沼にはまり込み、誰かが決めた基準に自分を合わせることは、自分で自分の足を引っ張る行為にすぎない。

「がんばれ」という言葉に反応しなくてもいい

　私が疲れ切っていたとき、まわりの人たちは、私を励まそうとして次のように言ったものだ。

「あと少しだから！　もう少しがんばろう！」
「若いときの苦労は、買ってでもするものだ」

　おそらく彼らは、走る力が残っていない人でも、水を飲めばもっと走れるという期待を抱いて、そんな言葉をかけたのだろう。

　もちろん、決められた目的地があるときには、もう少し走れという言葉が大きな助けになるかもしれない。
　しかし、現実に目を向けると、明確な目的地が毎回あるわけではなく、もう少し努力したからといって、おとぎ話のように幸せな結末が待っているわけでもない。
　だから、他人の言うことに反応しなくてもいい。**助言をするのはその人の自由だが、その言葉に従うかどうかを決めるのはあなたの自由なのだ。**

　自尊心についての
　　　　　　　　　　でたらめな脚本を書き換える

意味のある時間を
つくるために

　ある人の1時間は最低賃金ぐらいの価値しかなく、別の人の1時間は何千万円もの価値がある。

　しかし、そのような経済的論理とは無関係に、どこでなにをしていたとしても、1日、1月、1年という時間は、すべての人に公平に与えられる。だからこそ、自分に与えられた時間を大切にしなければならない。

　不安を和らげるために、適当に生きても大丈夫だとか、最善を尽くさなくてもいいとか言う人もいるかもしれない。

　でも、もしあなたが死ぬまで休息だけをとって生きるつもりでないのなら、時間を無意味に過ごさないでほしい。

　単なる娯楽でも、自分に楽しみを与えてくれるのであれば、心配しないで精いっぱい楽しもう。大切な想い出をつくるつもりで遊んだらいい。

　無意味なのは、どっちつかずの中途半端な状態にいること。もし今日1日、なにもしていない日のように感じられたら、日が暮れる前に町内を一周歩いてみたり、運動をしてみたり、読みたい本を開いてみたり、近況を聞くために

友達に電話をかけたりしてみよう。

　たとえお金に換算されないとしても、自分の時間をどのように使えば意味があるか、一度考えてみることは役に立つはずだ。

　時間は水のように蒸発したりはしない、と思うかもしれない。しかし、結局は流れていく。
　この世に無限のものはないと知っていれば、この言葉の意味するところもわかるはずだ。

　私たちに与えられた限りある時間が集まって人生のかたちが完成する瞬間に、後悔ではなく満足感を味わいたいと思うのなら、細心の注意を払って自分だけの人生のパズルを埋めていくしかない。

「大丈夫」という言葉に
隠された本音

　歌を聞くとき、私はメロディーや音色を鑑賞するのも好きだが、どちらかというと歌詞に注目するほうだ。

　とくに、イ・ハイの「ため息」という曲の歌詞は印象に残っている。私の心に響いたその歌詞の一部を紹介してみよう。

　誰かのため息、その重たい息を、
　私がどうして推しはかれるでしょう。
　あなたのため息、その深さを理解してあげられなくても、
　大丈夫、私が抱きしめてあげましょう。

　この曲のミュージック・ビデオに登場する人はみな、私たちの周囲で見かけるような平凡な人たちだ。彼らは全員、誰かの大切な子どもか、あるいは親であるはずだ。

　彼らは自分の痛みを隠すために仮面をかぶり、身近な人たちに自分は「大丈夫」だと言ってきた。**実際には大丈夫ではないのに、痛みと悲しみが喉元まで込み上げながら、心のなかで感情を腐らせてきたのだ。**

彼らは悲しみを吐き出したことがないので、その気持ち
を心から理解する人もいない。「大丈夫」が口癖になって
しまったので、ひとりでいるときにため息をつきながら、
「大丈夫」ではない感情を表現しているのかもしれない。
　でも実際は、彼らの心のなかはとうに真っ黒に燃え尽き
てしまっている。

　「がんばって」という言葉と、「大丈夫？」という言葉を、
私はあまり使わない。
　相手が話してくれるのを待って、それから話を聞いてあ
げ、相手が話さないなら聞きたくても我慢する。もしかし
たらその人は、めちゃくちゃになった自分の心を人に見せ
たくなくて、話さないのかもしれない。

　**つらいのかと聞くかわりに、「いつでもあなたを抱きし
めてあげられる」という素振りを見せる。これは、相手が
引いた線を越えずに、いつでもこちら側にきて休んでいい
よ、という信号を送ることでもある。**

　たとえ相手が胸の内を話しはじめたとしても、中途半端
な判断と忠告は禁物だ。「韓国語は最後まで聞かないと理
解できない」という言葉もある。

　相手がすべてを話し終える前に判断してはならない。ま

ずは、落ち着いて、待ってあげよう。

　相手が本音を口にするまでにこちらができるのは、共感と慰め、そして疲れた相手にひと言かけてあげることだけだ。

「なにかあったんですか？」

後悔なく
選択しよう

**人生は、B (Birth) と D (Death) のあいだの
C (Choice) である。**
──ジャン＝ポール・サルトル

人生は、生まれてから死ぬまで、選択の連続だ。

どんな哲学をもってどのように生きていくかを選び、その生き方のためにどんな勉強をして、どんな職業に就けばいいかを選択しないといけない。

どんな人と恋愛をし、誰と友達になって、どんな趣味をもつのか。こうしたことをすべて、自分で悩んで決めなければならない。

他人に言われたとおりに生き、他人が望むとおりに人生を送ってきた人に残るのは、結局のところ、後悔と恨みだけ。受動的な人は、結果の責任を引き受けるところまでは覚悟しないからだ。

能動的に選択をするという行為は、その場では大変に思えても、結果的には自分のためになる。自分の人生で起こ

ることをすべて自分の意志で決めれば、少なくとも後悔は
残らないのではないか。

　切実さの度合いに応じて、どれほど能動的になれるかの
差が生まれる。

　他人からすれば少し利己的に見えたとしても、自分の人
生を生きたいと思うなら、そのくらいの勇気は出さないと
いけない。

1日に1回以上は
肯定的に考えてみよう

　ひさしぶりに高校の同級生に会った。月に100万ウォンをかろうじて稼いでいた彼が、半年後には月に2000万ウォンを稼ぐ実業家になっていた。
「どうやってそんなことができたの？」と尋ねると、彼は、じつは大金を稼げるまでに10年かかったと答えた。

　両親の強い要望で自分の意にそわない道をしぶしぶ歩んだ日々、事業の準備のために勉強した日々、お金を貯めるのに費やした日々、そのほかにも試行錯誤をくり返した日々を合計すると、10年ぐらいかかったということだった。彼は、

「目標の売上を達成したのははじまりにすぎない。
　これからが本番だ」

　と、自信に満ちあふれたようすで語った。
　話をよく聞いてみると、彼が目標を達成する過程はとても生き生きとしていて、具体的だった。その友人は、私が詮索するすきもないほどの勢いで、自分が夢をかなえた過

程を映画のワンシーンのように描写してくれた。

　ひととおり話しおえた彼は、いずれ自叙伝を書くことに
なったら手を貸してほしいと言った。私は、君なら私の助
けを借りなくても大丈夫そうだと答え、

「いま話している話を、そのまま文章にするだけでいい」

　とつけ加えた。

　私がその友人の話を聞いて感じた、成功する人の特徴と
は、次のようなものだ。

　まず、**自分が進む方向を知り、自分がいまどの段階にい
るのかを確認すること**。その友人は毎日、自分の職場に出
勤する前に、業界のトップに上り詰めたライバル企業の建
物の前に行き、必ずこの会社を超えるぞと、くり返し誓い
を立てたという。

　ライバル企業の規模に比べれば、自分の事業はまだ初歩
的な段階だが、それでもひとつめの目標は達成したと喜ぶ
友人に、私も刺激を受けた。

　そして、長いあいだ描いてきた夢をかなえるには、**考え
るだけでなく、具体的な計画を立ててそれを実行すること、
フィードバックをくり返す必要がある**ことを、私はあらた
めて悟ったのだった。

人は、１日で約７万ものことを考えるという。そして、**肯定的なことより否定的なことを考える頻度のほうが高く、１日に何度となく誤った思考に飲み込まれる**。人の脳は、肯定的な要素より否定的な要素に反応しやすく設計されているからだ。

　原始時代から生存の危機に備えて生きてきたのだから、これはどうすることもできない。現代人が雑念に振り回され、実のない思考を続けるのも、同じ理由なのかもしれない。

　このような脳のパターンから抜け出し、みずから自分の感情の主体になるには、意識的によい思考をする必要がある。最も簡単な方法は、自分の心に響く文章を記憶したり、書き留めたりすること。

　実業家の友人が結果を出せた理由は、業界トップの会社を超えようという誓いが、脳の奥底に定着していたからではないだろうか。

　失敗するという信号を周囲から受け取っても、その友人の脳内には目標を達成しようという考えしかなかった。**目標だけを頭において１日を過ごしたからこそ、夢をかなえられたのだ**。

歳を重ねて気づいた
８つの事実

１．友達は多ければいいというものではない

　自分がうまくいっているときには、さまざまなタイプの友達と一緒に時間を過ごす。だが、うまくいかないときに一緒にいるのは、限られた友達だけ。
　喜び、悲しみ、成功、失敗を共有してくれる人が、本当の友達だ。

２．生きたいように生きていいが、
　　責任は負う必要がある

　自由に生きてもかまわないが、自分の選択に責任をもとうとする姿勢は忘れてはならない。そうした姿勢によってその人の成熟度が決まる。

３．成功と同じぐらい、失敗も重要

　成功した人も、挫折せずに成功したわけではない。たいていは失敗を重ねながら成功するものだ。

４．親が健在なうちに親孝行をしよう

　20歳になったばかりのころの私は、両親がずっと元気でいると信じていた。しかし、私が１年歳を重ねるのと両親が１年歳を重ねるのでは、意味が違った。

　私は、両親が年々老いていくのを感じている。近くにいるあいだに、一緒に旅行にでも行くようにしよう。

５．言うべきことは言えばいい。
　　でも失礼な言い方をするのはやめよう

　無礼さと率直さは違う。無礼な話し方とは、相手の気持ちを考えず、タイミングもわきまえずにむやみに話すこと。率直な話し方とは、問題が起こったときに必要なぶんだけ本音を話すこと。

６．みんなを愛する必要はないが、
　　誰かを憎みながら生きるのはやめよう

　人を憎むことは、自分の人生をむしばむことになる。私はようやくそれに気づいた。

7. 過去を顧みないようにしよう。
後悔は一度だけで十分

　後悔を重ねるうちに、自分の人生が不幸になる。何事に
対してもやる気が失せて、憂うつなことしか考えなくなる。
　**いまこの瞬間に意識を集中すれば、自分の幸せをみずか
ら選ぶことができる**。また、明日もきっとよくなるという
希望も抱けるようになる。

8. あまり傷つかないようにするために、
すべてのことに意味をもたせる習慣を捨てる

　あなたが傷を負ったきっかけは、他人の言葉や行動だっ
たかもしれない。しかし、**その傷に自分で何度も意味を与
え、かみしめることは、自分を二度傷つける行為にほかな
らない**。
　自分を苦しめることから自由になろう。自分を苦しめた
言葉、人物、環境、そのすべてから逃れよう。また、原因
を冷静に断ち切るようにしよう。

自分を卑下することと
謙遜することの違い

　社会生活を送るうえで、謙遜は、ある程度は必要とされる美徳だと思う。現代社会では、人権意識と共感能力が日増しに高まっていて、すべてのことがさまざまなルートを通じて共有されるからだ。

　ところが、控えめであることを通り越して、習慣的に「自分は駄目だから……」とばかり言っている態度が目につくことがある。**自分を卑下することと謙遜は、まったく違う。**

　謙遜とは、自分を過大に見積もらず、客観的に振り返る姿勢のことをいう。**自分を客観的に見られる人は、「自分」と「他者」の違いを認め、他者を尊重する。**

　一方、卑下とは、みずからの価値をおとしめることをいう。あなたがわざわざ自分を卑下しなくても、他人はあなたを好き勝手に評価し、あら探しをするだろう。それなのに**あなたは、あらかじめ自分で自分の値打ちを下げてしまっている。**

　ひと言が及ぼす影響の大きさを知っているのに、なぜ、

　　自尊心についての
でたらめな脚本を書き換える

自分をおとしめることに時間を使うのか。

　もしあなたが、自分の欠点を習慣的に口にする人だとしたら、アメリカの哲学者、ラルフ・ウォルドー・エマソンの次の言葉を覚えておくといい。

　人は誰でも、自分の話す言葉をもとに
　他人から評価される。
　望むと望まざるとにかかわらず、自分が発する1つひとつの言葉によって人前で自画像を描くというわけだ。

　人は簡単には変わらない。だが、話し方を直すだけでも、現在とはまったく違う方向に進めるようになる。

　人生を遠くまで見通し、自分にとって肯定的なことを話す習慣を身につけるようにしよう。

ちょっとしたことで
心が揺れる日には

　自分の精神状態がおかしいように感じる日がある。そんな日には、人と接するときに無意識に二面性を見せることになる。

　ふだんどおりに元気に過ごしていたのに、ちょっとしたことで腹を立てたり、昼間は平気だったのに、夜になると涙を流したりすることさえある。

　しかし、このような姿をむやみに他人に見せるわけにはいかない。そんなとき、「大丈夫だよ」と慰める言葉や、心配しなくていいという激励は、なんの役にも立たない。

　私の場合も、肯定的な態度がすべての問題を解決してくれることは、やはりなかった。

　大学修学能力試験（日本の大学入学共通テストにあたる韓国の試験）、資格の取得、就職試験などの難関に挑んで失敗したこと、愛する人とのつらい別れ、信じていた友達からの裏切りなど、すべてが傷として残り、私はその痛みをひとりで引き受けなければならなかった。

どのタイミングでなにに人生を揺さぶられるかわからないまま、予測不能な事故や問題が私を待ち構え、否定的な感情とともに押し寄せてきた。

　それでも私は、自分らしさを保つために努力してきた。**「私らしさ」とは、利己的に生きる姿勢のことではなく、他人を尊重しながら、自分の人生で起こることは自分で選択することを意味する。**
　ただし、「私らしさ」には、選択の責任も自分自身にあると覚悟して、現実に直面したあと、結果を淡々と受け入れることまでが含まれる。

「距離をおく」というこつが必要なのは、人間関係においてだけではない。**自分の肉体を支配する否定的な感情と距離をおく方法でもある**ことを知っておいたほうがいい。

　感情のバランスをうまくとって歩んでいけば、自分らしさが見つかる安定した地点にたどりつけるだろう。

憂うつを受け入れてこそ
憂うつから抜け出せる

　一定の社会的地位に上り詰めたり、困難を克服したり、苦しい環境から抜け出したりした人たちはよく、生きづらさを抱える人たちに向かって、ひたすら肯定的に生きるべきだと言い聞かせる。

「あまりふさぎ込まないほうがいい。
　何事も気のもちようなのだから」
「それでもやれる。君には十分に可能性があるから」

　確かにもっともな言葉ではある。
　でも、そうした言葉を聞いた瞬間、苦しい気持ちがすべて否定されたような、不快な感覚を覚えるのは無理もないことだ。いくら思いやりのある慰めだとしても、こちらに暗示をかけようとする言葉にうんざりするのも確かだ。

　私は、悩みごとの相談を受けるとき、

「憂うつなら、いったんその沼にはまり込んでから、
**　出てくればいい」**

　第2部　自尊心についての
　　　　　でたらめな脚本を書き換える

と話す。

　ほかの人の目にはたいしたことではなくても、そのことで自分の心が傷つくのはどうしようもない。

　人は、思いもよらず傷つくことがある。だから、憂うつを受け入れ、それを認めてやることは間違っていない。

　他人の面倒をよく見て、慰めてあげられる人のなかにも、意外なことに、自分自身のことは慰められないという人が多い。そうした人の特徴は、自分自身に対する基準が高く、自分がミスをする状況を極度に警戒する点にある。

　みずから改善すべき部分を知り、問題を正そうとする姿勢、よりよい人間になろうとする姿勢自体は、とてもいいことだ。

　しかし長期的に見たとき、**行きすぎた厳格さは自分を挫折させるきっかけとなる**。ミスに敏感であるほど、それに過剰に意味を与え、自分を傷つけてばかりいるせいで、苦痛にさいなまれ続けるのだ。

　否定的な経験をくり返すうちに、その状況から抜け出そうとする意志まで失ってしまう。そのため、**時には自分自身に温かい手を差し伸べる必要がある**。

　先に紹介したイルゼ・サンドの『感情のコンパス（The Emotional Compass）』では、自分をいたわる方法を次の

ように紹介している。

　自分自身の完ぺきな親になりなさい。私は、大変で苦しいとき、自分に向かってこう言う。

「愛しいイルゼ、すべてが思いどおりにならなくて
　大変だね。あなたはそれを得ようとして、
　本当に一生懸命努力したし、心からそれを望んでいた」

　それから、私がなにを望んでいたかをくわしく説明する。そうすると、ついつい涙が流れる。それは私の悲しみとやり切れない思いを吐き出す涙だ。
　そんなふうにしばらく涙を流してみると、自分が望んでいたものを手放す心の準備ができる。完成できなかったことをあきらめるのが難しいように、よい関係を築けなかった人や、切実に願っていたことを見送るのは、それ以上につらく苦しいことだ。

　つらい思いや苦しい気持ちをケアしてくれる親の役割を、自分に対して果たすことができれば、憂うつな感情からも簡単に抜け出せる。

つまずいても大丈夫。結局はうまくいく

　夢中で走っていると、誰でもつまずきがちだ。だから、あまり心配しすぎないほうがいい。**一度つまずいたからといって、人生の勝負が決まるわけではない。**

　人生は100メートル走ではなく、マラソンのようなものなのだから、少し遅れたからといって、そこで終わりだと判断するのは早すぎる。

　失敗をまるで予想していたかのように受け止めれば、望まない結果になったとしても、多少は平然としていられる。

　失敗してもいい。
　その失敗があるからこそ、成功の価値は飛躍的に上がる。

　もしもすぐに立ち上がれないようなら、転んだ場所で、悲しみの涙を流れるだけ流してもいい。

　過ぎ去ったことについてなんでもないような口ぶりで話す人を見ると、残念な気持ちになる。
　その当時の自分にとっては、決して軽いことではなかっ

たはずなのに。
　だから、ひとつだけ約束しよう。

　遠い未来に過去を振り返るとき、いま流した涙を軽く思
わないようにしよう、と。

　自尊心についての
　　　　　でたらめな脚本を書き換える

第 3 部

涙と後悔の愛が
私を成熟させる

人間は
修正するものではない

「恋愛するのなら、傷つく覚悟もしておいたほうがいい」

　という言葉をよく聞く。**恋愛には義務と責任がともなう**からだ。別れが訪れるときまでひとりの相手だけを見つめ続ける義務、相手のすべてを受け入れる責任である。

　恋に落ちたばかりの人は、すべてのことが一生続くと信じているが、時間がたって、めっきが剥がれてくると、恋に落ちたばかりのときには目に入らなかった相手の短所が目につくようになる。そして、思っていたような人ではなかったとがっかりしたり、相手を自分の好みに合わせようとしたりするようになる。

「人間は修正するものではない」

　という言葉があるが、これを別の角度から解釈すると、あるがままを愛しなさいという意味になる。

　少し気に入らないというだけで、機械のように相手を修

理しようとすると、相手との関係における最初のボタンを
かけ違えることになる。

　**相手をあるがままに受け入れるとき、本当の愛がはじま
る**。だから、それを念頭において、恋人同士という関係を
守るために努力しなければならない。

あなたの存在自体が
大きな慰めになる

　私は一時期、SNSを通して悩みごとの相談を受けていた。たくさんの人から、家庭の事情、進路、恋人との関係など、さまざまな悩みを打ち明けられた。そのなかでとくに記憶に残っているケースがひとつある。

　それは、大切な人が大変な経験をしているのに、形式的な慰め方しかできなくて悔しいという、女性からの相談だ。私に悩みを打ち明けたあと、その女性は大きな決心をしたように次のようにつけ加えた。

「きちんと役に立つ、
　本当にその人の力になるように慰めたいと思います。
　物質的な面で手助けするのでもいいので、
　私にできることならなんでもしてあげたいんです」

　その真心のこもった文章と、恋人に対する献身的な姿に感動し、私も誠意を込めて答えた。
　もし同じようなことで悩んでいる人がいたら役に立つのではないかと思い、以下にそのときの私の回答を書き記し

てみる。

「**力になりたいという、あなたのその気持ちだけで、彼は
すでにおおいに慰められているはずです。**

　その気持ちがどれほど大切なものなのか、おふたりは気
づいているでしょうか。与える側の人にはその気持ちを変
わらずにもっていてほしいし、受け取る側の人には感謝の
気持ちを最後まで失わずにいてほしいです。

　それでも、なにかいい方法はないかということなので、
ひとつの提案をしてみたいと思います。
　**2人でそれぞれ文章を書いて、それをシェアしあうのは
どうでしょうか。**文章にすれば、それまで言葉では言い尽
くせなかった本音を伝えられますし、なによりも、折にふ
れて読み返すことができます。

　自分で文章を書くのが難しいなら、誰かのエッセイや温
かいいたわりの言葉を読んで、感じたことをシェアしてみ
てください。同じ文章を読んだとしても、2人が感じる感
情の温度はきっと違うはずです。

　もしそれらの言葉を読んでも、まだ彼が苦しそうなら、
あなただけが書ける温かい文章で彼の心を包んであげてく
ださい。きっとうまく乗り越えていけるはずです」

近しい人の大切さに
気づく方法

　約束の場所に到着して、あふれかえる人のなかで一目で相手を見つける瞬間。無数の会話が行き交うカフェで、互いの話に集中していた時間。忙しい日常のなかでも、カカオトーク（メッセージアプリ）で２人だけの冗談を交わしたとき。

　いずれも、恋愛をしているときに私たちを笑顔にしてくれる大切な場面だ。しかし、くり返し会っているうちにすっかり慣れてしまって、**相手を大切にする心を失った瞬間から、倦怠期がはじまる。**

　倦怠期を克服するために記念日のような特別なイベントばかり気にしていると、すぐに疲れてしまう。

　だから、ふだんから緊張感を失わず、さまざまな観点から恋人を見つめなおす習慣を身につけよう。

　この先、相手との関係がどうなるか、予測不能な未来を想像すると不安にもなる。でも、**いまこの瞬間にそばにいる相手に集中して、その人を大切にしよう。**

小さな想い出でも、日々、真心を込めてつむいでいけば、遠い将来、きっとその想い出は大きく鮮やかなものになり、互いをつなぐ揺るぎのない絆になってくれる。

　もう一度2人の関係を振り返り、気持ちを伝え、いますぐ実行に移してみよう。

寂しさを
隠せない理由

「理解はするけど、それでも寂しい」

　恋人にこんなふうに言ったり、あるいは言われたりしたことがあるだろうか。

　相手が好きだからこそ寂しさを感じるのだが、だからといって、ひとりで抑え込むには積もり積もった感情があまりにも多い。

　わだかまりを感じている人は、感情のしこりを解消するために、相手に愛情表現を求め、連絡する頻度が増えていく。このような欠乏状態が解消されないと、否定的な考えがどんどん膨れ上がり、相手との関係をすぐにでも修復しようとする努力は姿を変えて執着となる。

　愛する心が大きすぎて、寂しさを隠せない。そんな人に向かって、自業自得だと言ったり、責め立てたりするべきではない。

　あなたから見ると、恋人が些細なことで機嫌を損ねたように思えるかもしれない。でも、恋をすれば誰でも子ども

になる。

　その過程で、誰よりも平等でなくてはいけない恋人同士のあいだに、優・劣の序列が生じ、物足りない側が一方的に相手にすがりつくという、愛情のパワーバランスが生じる。その姿はまるで、一方がもう一方に片思いをしているかのようだ。

　すがりつく側ばかりが不安におびえ、なぜ気持ちをわかってくれないのかと相手を問い詰める。そしてそんな恥ずかしさに耐えなくてはならない。

　それほどつらいなら、すがりつくのをやめればいいのではないか、と思うかもしれない。しかし、恋に落ちた人にとって、それは本当に最後の選択肢だ。

　片思いのようなこの心さえも手放さなければならないと感じた瞬間に、寂しさはようやく収まる。

執着
の正体

　みなさんの周囲にも、恋人に執着する人がひとりか2人はいるのではないだろうか。いなければ、あなたがそのひとりかもしれない。

　もちろん私は、執着することが悪いとは思っていない。

　執着は、相手との関係にある程度の緊張感を与えるし、相手のことを考え、心配し、気にする心は、互いの愛を確認するうえで重要な要素だからだ。

　しかし、私が言おうとしている執着は、そのような軽いレベルのものではない。すべての関心が相手に注がれるせいで、相手の一挙手一投足を知ろうとし、それがうまくいかないととても不安になるという、はるかに深刻な感情だ。

　執着を捨てられなければ、自分だけでなく相手もストレスから抜け出せない。だから、自分の感情は自分のなかで処理したほうがいい。

　執着が生じるのは、相手に過剰な期待と幻想を抱くからだ。執着が激しい人は、自分の望みが聞き入れられないと、いっそう執拗に相手にしがみつく。

つまり、執着というのは、利己的な心と欲望から生まれる。

「愛」と「執着」を混同しないようにしよう。相手は自分が所有できる「物」ではない。**お金を払って買ったものではなく、お金を払っても変えられないひとつの人格だ。**

自分が相手に期待した姿と、相手の実際の姿は明らかに違う。**自分が不完全であるように、相手もまた不完全な人であることを、忘れないようにしよう。**

最も理想的な関係は、価値観の衝突なしに相手のことだけを見つめて仲良く過ごすことだが、それは言葉で言うほど簡単なことではない。
もしかしたら、**執着というのは、自分が相手を縛りつけることではなく、自分が自分自身を手放せないということではないだろうか。**

相手に強圧的に接するのは、相手はもちろん、自分自身をも滅ぼすことを肝に銘じておこう。

愛する人に対して
残酷だったときの記憶

　恋人同士は、互いがいなければ死んでしまうかのように愛し合いながら、いざトラブルに直面すると、取り返しのつかない突発的な行動に走ったりもする。

　時には、暴力というかたちで感情を噴出させたり、言葉によって相手に一生消えない傷を負わせたりすることもある。

　幼いころ、私は十分に愛を受けたことがなかったので、愛されるというのがどんな感じなのか、よくわからなかった。人からまともに愛されたことがないのだから、人に愛を分け与える方法を知っているはずがない。

　初恋が訪れるまで、私にとって愛とは、まるで想像上の生き物のようだった。自分の口で誰かのことを「大切な人」と呼ぶ日がくるとは思わなかったし、優しい声で誰かに「きれいだ」とささやけるなんて思いもしなかった。

　問題は、愛に踏み出す勇気だけをもっていて、愛を入れる器をもち合わせていなかったことだ。相手の姿をありのままに受け入れるのは決して簡単なことではないと、その

ときはじめて知った。まるで、愛というマラソン競技を最初から全速力で走ったせいで、すぐに疲れてしまった選手のような気分だった。

　一度、彼女と大げんかをしたことがある。
　怒りをこらえられなかった私は、彼女を飲食店にひとりでおき去りにした。追いかけてきた彼女は、私に話しかけることもできないまま一定の距離を保ってついてきたが、私はその姿を見てもさらに歩く速度を上げ、地下鉄の駅に向かった。

　そのときの彼女は、雨に濡れた子犬のように痛々しかった。それでも私は、ごめんと言って抱きしめてあげる勇気が、どうしても出なかった。
　遠距離恋愛だったのでお互いの顔を見られる機会が多くなかったのに、私は彼女をおいて家に帰ってしまった。
　恋人においていかれ、ひとりでとり残された彼女の気持ちは、どんなだっただろうか。私は、決して消えない傷を負わせてしまったわけだ。

　感情の起伏が激しい私は、その後も、何度も彼女を苦しめ、別れようという言葉も３、４回、口にした。そんなとき、いつも彼女は大丈夫だと言ってくれたが、利己的な私はその温かい心にきちんと向き合うことができなかった。

このような過ちのすべてに気づいたときには、もう手遅れだった。私が理性を取り戻すあいだに、彼女は別れの準備をし、私も表向きは淡々と別れの通告を受け入れた。簡単には出会えなかった彼女を、あっさり見送ってしまった。

　そしてその後、かなり長いあいだつらい思いをした。それでようやくわかったのだ。
　彼女は、私と付き合っていたとき、その何倍もつらくて大変な思いをしたであろうことを。

恋愛を通して
成熟する

恋人と別れて1年ほどたってから、彼女にまた連絡したことがある。再会したとき、私たちは2人ともずいぶん変わっていた。

恋愛をすると相手に尽くすタイプの彼女は、私と付き合っていたあいだ、私のことばかり気にして自分のことをおろそかにしていた。彼女のそのような性格は、ひとつには、彼女が長女で、家族から大きな期待をかけられていたせいもあるだろう。

そんな彼女が、私と別れて1年後には、自分自身のことをよく気づかう人に変わっていた。彼女は、入りたかった大学に合格したといって、明るく笑った。

一方、過去の私は、守ることもできない約束を簡単に口にする軽率な人間であり、勇気をもって挑戦することはできるものの、なんの対策ももち合わせていない、そんなタイプだった。

感情の起伏があまりにも激しく、些細なトラブルにも心が大きく動揺した。そんな私だが、**得意なことを発見して**

からは、簡単にはくじけなくなった。

　過去の私が根拠のない自信だけに満ちあふれていたとすれば、いまの私には根拠のある自信が備わったからだ。
　毎日、文章を書く習慣を付けたら、状況を客観的に眺められるようになり、それにつれて感情の起伏も小さくなっていった。

　言葉には責任がともなうことに気づいたので、つねに言葉に気をつけるようになった。なにより、相手を一途に愛そうと努力する気持ちをもつようになった。こうした変化はすべて、彼女との別れを通して学んだことだ。もちろん、人は一瞬にして完全には変わることはできない。昨日よりましな人間になれるよう、ただ努力をするだけだ。

　ヴィクトリア朝のイギリスの小説家、ジョージ・エリオットは、「別れの痛みのなかでのみ、人は愛の深さを知ることになる」と述べた。彼女との出会いと別れを通じて、私は一段階、成熟したといえる。

　胸の痛むような恋の記憶は、誰にでもあると思う。そうした記憶をほかの人がどのように扱っているのかはわからないが、いまの私は、その記憶を静かに過去のなかに埋めておこうと思っている。

思いきり憎んで、
思いきり恋いこがれよう

　恋をはじめるときに、別れを覚悟している人はいない。

　人生の遠い道のりをただ一緒に歩み、もし相手と合わな
かったら背を向けて、ふたたびそれぞれの道を行くだけだ。

　一緒に歩んできた道を戻ってみても、ひととき熱烈に愛
したその人の姿はない。真っぷたつに引き裂かれた想い出
を拾い上げることもできない。

　もちろん、相手に与えた傷は取り返しがつかない。

　もう相手を気づかってあげられないこと、最善を尽くし
て愛せなかったこと、致命的なミスを犯したことさえ、も
はやどうしようもない。

　いくら後悔しても意味がない。記憶は書き換えられない。
人生という本の1ページに、そっくりそのまま記録される
だけだ。

　**だから、あなたがいま経験している苦痛は、すぐにどう
なるものではない。**

　交通事故にあったと考えれば、わかりやすいかもしれな
い。交通事故にあって、からだのあちこちが傷ついている

のに、どうして翌日から、ふつうの日常生活が送れるだろうか。病院に入院して完治するまで待たなければならない。

　いまのその痛みも、時間がたてば和らいでくる。回復を助けてくれる友人に会ったり、自分にできることをしたりして過ごせば、苦しい時間を早く送ることができる。

　それでも喪失感から抜け出せないなら、慰めになるような本や、悲しいテーマの詩を読んでみよう。そのような文章は、別れの苦痛に向き合う勇気をもたらしてくれる。

　別れの痛みが平気になるまで、その人を思いきり憎み、思いきり恋しく思ってほしい。
　そうやって少しずつ、「私」をなだめてあげよう。

君に別れを
告げるまで

　僕が君に「別れよう」と言うまで、そして僕たちが別れの日を迎えるまで、僕は何度も、話し合おうと言ったよね。

　以前に一度、僕がひどく体調を崩して、1日じゅう君に連絡できなかったことがある。君は、僕が何日も寝込んでいることを知っていた。
　それでも君は、電話1本かけてこなかったし、僕がどこでなにをしようが、少しも気にかけていなかった。こう言えば、君は反論するかもしれない。
「気持ちをもっとストレートに表現すればよかったのに。そんなに遠まわしに言われてもわからない。お願いだから、はっきり言って」と、不満気な素振りを見せながら。

　でも、君にそれを言う資格はない。もともとは、そんなふうじゃなかった。僕のことを、もっと、ずっと好きだったころの君は、僕の小さな身振りと言葉づかいの変化にも気づいて、「どうしたの」と心配してくれる人だった。

　時間がたつにつれて、僕に対してそれほど関心がなく

なったんだね。実際、わかりきったことだ。君のそばに僕がいることに、君は慣れただけ。君の愛は、僕の心をしとめた瞬間に、ちょうどそこで終わったんだ。

　そして君はわかっていない。
　付き合った瞬間に終わるのが愛なのではなく、時間がたって変わるのが愛なのではなく、相手に変わらない気持ちで接しようと努力すること、それが本当の愛なのだということを。

　君の変化に僕はひどくがっかりしたし、失望をくり返すうちに、そんなものだろうとあきらめるようになった。
　僕はただ、変わらず愛されたかっただけなのに、それすらも欲張りだったのだろうか。関係を保ち続けているうちに、僕たちの仲は深まっていくどころか、傷ばかり深くなっていった。

　もし僕が、君のことをもう少し理解して、君のほうももっと努力していたら、なにかが変わっていただろうか?
　いまならわかる。僕は最善を尽くしたし、これが最善の選択だということを。
　君も、僕みたいな面倒なやつと付き合って苦労したね。元気でね。

別れの傷が
大きい理由

　君はいい人だったけど、いい恋人ではなかった。別れてから2週間が過ぎたころ、僕は誓った。二度と、愛を理由に自分を失ってまで相手に合わせないようにしよう、と。

　最善を尽くして愛したのだから、未練も後悔もない。君ひとりが去ったからといって、僕の自尊心が傷つくこともない。恋愛中だから特別な人だっただけで、別れたんだから、もう君も他人と変わらない。

　恋愛で最も大切なのは、最善を尽くしてその人を愛すること。けれども、君の優先順位はいつも、僕にあるのではなく、まわりの人と自分をとりまく環境にあった。君は余った時間に僕と会ってくれたけど、僕は君に、すべての予定を合わせるしかなかった。

　一夜にして大切な存在がいなくなったので、最初はおかしくなりそうだった。でも、少しずつ平気になってきた。愛する人に冷たく捨てられることが、どれほどみじめなものか、君にはわからないだろう。

ひとつ明らかなのは、僕ほど精いっぱい君を愛せる人は、ほかにはいないだろうということ。僕が君にあれほど尽くした理由は、君を大切に思っていたから。

　だけど、もうその気持ちはなくなった。だから自然に立ち直れるだろう。少なくとも、これからは君のせいでひとりで苦しみ、傷つくことはないはずだ。

　しばらくは、涙に暮れながら夜を明かす日があったとしても。いつかまた恋ができるその日のために、しっかり苦しんでこの時間を過ごさなくては。

　もしかしたら僕も、ほかの人と変わらない平凡な恋愛をしたのかもしれない。**どこにでもある恋であり、ありふれた別れだったのに、特別だと信じていたから傷が深いのだろう**。永遠だと思っていた相手との別れは、ほとんどの人が、いや誰もが体験することなのに。

慣れという感覚に
だまされて、わき見をする

　以前に一度、次のような悩みの相談を受けたことがある。

「彼氏と1年間、仲良く付き合ってきたのですが、そろそろ飽きてしまったみたいです。

　彼に干渉されずに、夜に自由に遊びに出かけたいんです。でも、ほかの人と付き合うことを考えると、こんなふうに安心感を与えてくれる相手はほかにいない気もして……」

　その相談者の女性が言った「安心感」とは、寂しさを感じる暇がない状態のことだと思う。寂しさを紛らわそうとして恋愛をはじめたものの、いまは充足しているということ。

　彼女のSNSはフォロワー数がかなり多く、コメント欄にも彼女を求める声がいっぱいだった。だから、これ以上、彼氏の助けは必要ないのだろう。

　まわりを見渡せば、「恋愛をしていても寂しい」と話す人がちらほらいる。彼らは、愛しているから相手と会うのか、自分の欲求を満たすために会うのかわからないまま、

恋愛を続ける。

　哲学者のアラン・バディウは、人々は本当の恋をしていないと指摘し、愛とは2人だけの経験、「2人が登場する舞台」だと表現した。

　この言葉は、私たちが恋愛をするとき、相手にどれだけ集中しているかを問いかける。もし相手のほかにも集中しなければならないことが多ければ、恋愛はおのずと優先順位の下位に追いやられる。
　2人の傾向が合っていれば大きな問題ではないが、一方が物足りなさを感じはじめたら、その関係が終わるのは自明の理だ。

　たとえば、こんな言葉もある。
　愛は、やるべきことをすべて終え、余った時間に取り組むものではない、と。

　もし、すぐそばにいる人の存在があたりまえに感じられ、飽き飽きした気分になるなら、慣れという感覚にだまされて、愛の大切さを忘れているのではないかと考えてみる必要がある。

恋の決定権を
他人に任せてはいけない

「この人と別れるべきでしょうか？」
「この人と復縁すべきでしょうか？」

　正直に言うと、こんな質問を受けるたびに、ため息が出る。もちろん、第三者なら問題を客観的に見てくれるのではないかという期待があるのはわかる。
　しかし恋愛問題だけは、私がどんな助言をしても、結局のところ本人が気の向くまま行動するだけなので、私はあえて長々と助言をしたりはしない。

　実際に相談内容に耳を傾けてみると、真剣な助言を求めるというより、相手の短所を並べ立てて、よくない記憶ばかり掘り起こすようなケースが圧倒的に多い。

　相手の短所は、その本人自身に、どうにかしようという意志がなければ直らない。それに、直す意志があったとしても、人間というのは長いあいだの習慣や、そのときどきの感情に従って行動するものだ。そのため、問題をみずから顧みて、深く反省する期間が必要だ。

もしあなたが、いまとてもつらくて、この期間を耐える余裕がないのなら、考えてみてほしい。傷つき続けてつらい思いをしても、その人と付き合い続けたほうがいいのか、あるいは別れたほうがいいのか。

出会いと別れを決める基準をしっかり決めておかないと、ひとりで苦しむばかりだ。

　たとえば、相手がほかの誰か（異性）と過度に親しくしている場合のように、一般的に受け入れがたい線があるはずだ。恋人が誤ってその線を踏み越えたとき、改善の余地があれば一緒にいることもできるが、そうでなければ別々の道を歩むしかない。

　復縁にも熟考が必要だ。おそらくあなたは、過去に受けた傷ではなく、これから受ける傷を怖れて復縁をためらうのだろう。それは必要なプロセスだ。

衝動的な感情に飲まれて、復縁のよい点だけを見るより、過去と同じ問題でふたたび傷つく可能性があるという最低限の覚悟をもったほうがいい。

　復縁を決心したなら、相手に対して誠意を尽くせたかどうか振り返りながら、本当にできるかぎりのことをしよう。

　そうすれば、おのずと結論が出るのではないかと思う。

愛はいつも
100 でなければゼロ

手のひら同士がぶつかり合ってこそ音が出るように、愛も2人の切実さがあってこそ長く守り抜くことができる。

倦怠期を克服して長く付き合う恋人たちの特徴は、価値観や性格による対立が起きたとき、互いの中間地点から一歩ずつ退いて、理解しあおうとするところ。

相手を理解しようとする最低限の努力もなしに、性格の違いを理由に別れを告げるぐらいなら、いっそのこと、好きな気持ちがなくなったと素直に話したほうがいい。

いくらずば抜けた外見、優れた経済力、よい性格をもつ人だとしても、時間がたてば短所が見えてくるものだからだ。

さまざまな理由を挙げて別れを告げることが習慣になっているのなら、自分自身の恋愛パターンを振り返る必要がある。

短期間だけ付き合っては別れることをくり返しているのなら、自分の気持ちを見つめなおしてみよう。経済事情、心の余裕、前に付き合った人への未練など、自分自身のな

かになにか引っかかる部分があるのかもしれない。

　もしも、押し寄せる不安に飲み込まれそうなら、愛する心に集中して、不安を抑え込んでしまおう。そして、愛する恋人と一緒に乗り越えていくことを約束してほしい。
　２人が一緒なら、いま直面している不安も、これから訪れる不安も、必ず克服できる。

　誰かを精いっぱい愛するということは、困難もともに克服していく心構えをもつことだと、私は思う。

ある出会いは運命で、 ある別れはしかたのないこと

多くの人が、出会いを「運命」というロマンチックな単語で修飾しておきながら、別れについては「しかたがないこと」だといって冷笑する。

しかし、**出会いは運命ではないし、別れもまたしかたがないことなどではない。人との縁のはじまりと終わりは、すべてあなたの選択によって生じる**。愛のはじまりがあなたの選択から生まれたように、それを終わらせるのもあなたの意志に委ねられている。

最終決断をくだす前に、自分自身に問いかけなければならないことがある。

別れを選択しようとしているあなたは、恋人と付き合っているあいだ、本当に最善を尽くしたのか。このまま相手を見送っても大丈夫なのか。

このまま交際を続けようとするあなたは、変わらず相手を愛し続ける覚悟ができているのか。

じっくりと考えてみよう。しっかり決断し、行動しなければならない。

　あなたがためらっているあいだに、相手はひとりで、一生の約束をする準備をしたり、感情ばかり浪費する恋愛に疲れて、あなたに背を向ける準備をしたりしているからだ。

愛とは、原石を宝石に変えていくこと

「みんな、結婚とは宝石を見つけることだと思っています。

　誰もが結婚を夢見ながら、一度は自分の理想のタイプを描いたことがあるでしょう。

　でも僕は、結婚とはそういうものではなく、原石を宝石にしていく過程だと思っています。愛する人が宝石になっていくようすを見守るのは、本当に楽しいことです。

　そして、私という原石も、パートナーを通じてしだいに宝石になっていきます。宝石を探しているだけでは、結婚生活に失望するしかありません」

　ラッパーのショーンが、『ヒーリング・キャンプ』というトーク・プログラムに出演し、こんなふうに結婚に対する考えを打ち明けたことがある。

　彼が芸能界を代表する愛妻家だということは、ほかのバラエティー番組を通じてずっと前から知っていた。ときおり私は、近況が気になって、彼のことが書かれた記事を探してみる。

　ショーンはあるとき、自分の SNS に結婚 5000 日を祝

うメッセージを載せたという。あれほど熱心に仕事もしながら、パートナーと子どもへの愛もおろそかにしないでいられるのはなぜなのか。

『ヒーリング・キャンプ』でのショーンの言葉によれば、夫婦はふつう、子どもができたら子どもにばかり集中しがちなので、夫婦げんかさえも子どもの問題で起きる場合が多いという。

　そのためショーンは、幸せな結婚生活を維持する秘訣は「お互いに集中すること」だと明かした。**親が互いに愛し合っている姿を見せるだけでも、子どもたちに肯定的な影響を与えられる**ということだ。

　ショーンとチョン・ヘヨン夫婦が提案する、愛を守るための３つの方法は以下のとおり。

　第１に、先に相手をケアすること。
　第２に、互いの長所を見ようとする意識をもち続けること。
　第３に、今日が最後の日だと思って相手に接すること。

　自分がまず相手を尊重し、相手の長所を見つめる目線を失わず、今日１日、精いっぱい愛すること。
　最もシンプルだが、最も正しい答えではないかと思う。

こんな人に
出会いたい

　私が求めるのは、みんなにとって魅力的な人ではなく、そばにいて本音を分かち合える人だ。
　些細な日常の瞬間、おもしろいと感じることを共有できる人がほしい。私のそばにいてくれるたったひとりの人が、そんな人だったらいい。もちろん、**よい人に出会いたければ、私がまず、相手にとってよい人でなければいけない。**

　はじめて会ったのに
　ずいぶん前から知っていたかのように
　心が落ち着く人に出会いたい

　なぜかやるせなさが爆発した日
　感情的に投げつける私の質問に
　望んだとおりの答えをくれなくても、
　私の心をわかろうと努力する人

　たったひと言にも慎重な人
　言葉でいい影響を与えてくれる人

たまには距離を感じても
その距離を縮めるために
勇気を出して近づいてくれる人

なによりも
私を愛しているから
私を必要としている人

成熟した恋愛のための
６つのアドバイス

１．相手を信じていいが、
裏切りは簡単に許してはいけない

 信頼は、相手に向けた肯定的な視線から生まれる。
　相手の短所を浮き上がらせて、人は変わらないと言って
あらかじめ線を引くより、開かれた心で愛する人を眺めよ
う。そうしてこそ、あなたも疑心暗鬼でビクビクしながら
気を揉む必要はなくなる。

　**もし、あなたが信じてあげたのに相手が過ちを犯した場
合、どこまで許せるかの許容範囲を設定しなさい。** その線
を越えたら簡単に許さず、断固たる態度をとりなさい。

２．具体的に表現する習慣をつけよう

「よかった」「いいと思う」などの表現は、自分の感情や
日常を描写するには抽象的すぎる。**相手に自分の考えを具
体的に伝えられるということは、それだけ愛を分かち合う
方法が多くなるということ。**

今日の気分がどうだったのか、いまなにを考えているのか、うまく伝えられれば、そのぶんだけコミュニケーションが円滑になる。

あまりにも何気ない、たいしたことのない方法のように見えるが、具体的な表現は恋人との交流を増やし、いさかいを減らすのに役立つ。

３．恋人にとって一番いい人になろう

みんなに親切にしても、ほかならぬ恋人に親切でなければ、なんの役にも立たない。**誰にとってもいい人でいる必要はない**。愛する人にとってだけ、いい人でいられたらいい。

４．直さなければいけないところは、直そう

人は、簡単には変わらない。誰もがそう思うはずだ。
しかし、相手にとってとくに耐えがたい短所があるなら、時間がかかったとしても直すために努力しよう。これまでずっとそうやって生きてきたから、あるいは不可能だからといって早々にあきらめるのはやめよう。
たとえ完璧に変えられなくても、変えようとする努力は愛の寿命を延ばす。

5. 相手の変化に気づこうとする努力を
　　怠らないようにしよう

　恋愛を長く続ける方法として、「初心を失わないように」
とか、「愛情表現をしよう」とかいう提案はあまりにも曖
昧だ。いかにして初心を維持し、どんな表現で相手に愛を
感じさせるかが重要なのだ。

　**私の答えは、相手の変化に気づき、その変化に反応しな
さいということ**。相手が気をつかって着てきた服、ヘアス
タイルの変化、微妙な表情の違いに**気づくことは、すなわ
ち相手に関心があることを意味する**。

　恋愛初期、その人の一挙手一投足にすべての神経を集中
していたころのように、その人をじっくりと眺める目を、
いつも輝かせていないといけない。

6. 相手があなたを大事にしてくれるぶんだけ、
　　愛そう

　自分を失ってまで愛することは、決してしないでほしい。
　あなたがいくら情が深い人だとしても、自分より他人を
気づかうくせが身についているとしても、みずから傷つく
ことを許してまで愛することは、自分を駄目にする行為だ。

　人は、自分自身を愛することができないときに最も孤独

になる。満たされない心を他人への盲目的な愛で満たそうとしても、それは底抜けの甕(かめ)に水を注ぐようなもの。

　愛情を注ぐ方法だけを知っていて、調節する方法がわからないなら、その愛情の半分だけでもいいから自分に向ける練習をするといい。

　一度も傷ついたことがない人のように自分を愛しなさい。
　そうすれば、健康的な恋愛、成熟した愛し方ができるようになる。

第4部

人生はよかったし、ときどき悪かった。
ただそれだけ

失敗を防いでくれる
曖昧さ

　私は、どちらかというとせっかちな性格だ。別の言い方
をすれば、衝動的ともいえる。

　こういう性格の人には、推進力があり、アイデアが浮か
ぶとすぐに実行に移せるという長所がある。人間関係にお
いても、必要だと思えば遠慮なく接近し、自分ばかり大変
な思いをしていると思えばあっさりと関係を整理する。

　しかし、理性よりも感情が先行し、なにか問題が起きる
と、すぐにあわてふためくという短所もある。

　目標を設定し、その目標に向かって邁進しても、あれこ
れ考えが浮かんで注意が散漫になり、集中力が落ちてしま
う。時には誤った判断で他人を評価して、悪口を言ったり
もする。衝動的な性格だけに、あわてると思わず嘘をつい
たりもする。

　**こんな私に必要なのは、少しだけ距離をおくこと。つま
りは曖昧さではないかと思っている。**

　生きているとなにかを選択しなければならない瞬間があ

るが、私はよく、生半可な判断で間違いをおかし、時間が
たってから後悔したりする。

　だから最近は、判断を迷うときには必ず確認するように
心がけている。仕事であれ、人であれ、その裏側と本音を
把握するには努力が必要だ。

　自分のことだけを考えて他人に乱暴なことを言ってはい
けないし、他人のことだけを考えて自分自身を失ってもい
けない。

　**感情のアクセルを踏む前に、毎回、理性でブレーキをか
けるようにしよう。その習慣が、賢明な選択をする第一歩
になるはずだから。**

凡人でも
体力さえあれば

　多くのことをこなしたいと思うなら、体を鍛え、体力をつけるのが役に立つ。体力があれば、同じ仕事を長時間続けることができるし、勉強するときや人に会うときにも集中でき、それらの日課がすべて終わったあとにやりたいことをする余裕まで確保できる。

　多くの健康アドバイザーが有酸素運動を推奨し、少なくとも1日30分以上は歩きなさいと勧める理由もそこにあるのではないだろうか。

　さらにつけ加えると、精神的な体力も重要だと私は言いたい。とくに、**なんらかの問題が起こったとき、その問題と向き合う力を育てることが重要だ。**
　勇気が足りない人のほとんどは、問題が起きてもまるで何事もなかったかのように振る舞い、知らないふりをして生きていく。

　私も問題を回避する傾向があるので、以前は、大変なことが起きると人との連絡を遮断したり、無視したりして必

死だったが、いまはストレスを感じても事実を受け入れ、真正面から向き合って解決しようと努めている。

このような努力が、自制心と忍耐力、判断能力に影響を及ぼすことに気づいたからだ。**結局、問題に正面から向き合う力は自分自身のためになる。**

身体的な力も、精神的な力も、本人の努力で十分に育てられる。たとえ、これといった才能を神から与えられていない凡人だったとしても。

だから、**もっと多くのことをいまよりもうまくこなしたいと思うなら、体力をつけるようにしよう。**

この違いが、あなたをより優れた人にしてくれる。

幸運を
引き寄せる習慣

チャンスは、行動を起こす者の元に訪れる。
それと同時に、私たちは機会を見極める目も育てなけれ
ばならない。

「チャンスはチャンスの姿では訪れない」という言葉があ
るほど、機会を見極めることは難しい。
　私も、長いといえば長く、短いといえば短い人生を生き
てきて、チャンスはやはり積極的に動く人に偶然与えられ
るものだと思うようになった。

成功するための努力ももちろん重要だが、結局のところ、
成功をつかみとるのは努力に加えて機会を得た人なのだ。
だから、自分に幸運が訪れたときにそれを見極められる目
をもつことが大切だ。

　信号機があるのは、行くべきときと、止まるべきときを
知らせるため。
　夢中で走りながら仕事をしていたとしても、もしかした
ら赤信号を通り過ぎてはいないかと振り返り、立ち止まっ

て息を整えるにしても、青信号を逃していないかを確認しよう。

　なにかを判断する前に、十分に時間をかけて悩む習慣をつけよう。
　そうした習慣を身につけると、おのずと周囲にチャンスがあふれ、その機会をとらえて努力すれば、よりよい環境に向かうことができるだろう。

毎日、幸せでいられなくても
毎日、笑うことはできる

　私たちは誰でも、知っている。なにも保証されていない未来の幸せを追いかけるのではなく、いまこの瞬間に幸せでいなければならないと。

　にもかかわらず、幸せになるのが難しいのは、幸せをただ抽象的な概念として理解しているからではないだろうか。

　たとえば、いますぐ笑みを浮かべられる具体的ななにかを探してみれば、幸せに近づくのはもう少し容易になる。

　だから、漠然とした巨大な幸せを探すより、ほんのちょっとした瞬間に注目してみよう。

　好きな人に会うこと、おいしい食べ物を食べること、おもしろい本や映画を見ることなど、**日常には、まだ気づけていない大切な瞬間がたくさんある。**

　入学試験や資格試験を控えて勉強しているのであれば、いつもはひとりで通っている自習室に、たまには友達と一緒に行ってみよう。行き帰りの道での友達とのつかの間のおしゃべりが、ストレスを多少は軽くしてくれるはずだ。

ひとりで笑ってそのままにしておいたインスタグラムやフェイスブックの投稿も、コメント欄でアットマーク（＠）をつけて友達と共有することによって、楽しさを分かち合える。

　このように、いますぐ笑えることはまわりにたくさん散らばっている。こんなふうに言うと、

「そんなことで幸せになれるのか」

　と、鼻で笑いながら聞いてくる人もいるだろう。

　でも、私は問い返したいと思う。こんなささやかな幸せも感じられないのに、どうして大きな幸せを手に入れられるのか、と。

　私が思う幸せとは、ささやかな満足感が集まってつくりあげられる時間のこと。つらくて寂しいときでも、小さな笑いで緊張をほぐせたなら、すでにあなたは幸せに過ごしていることになるのではないか。

　幸せな人は、まわりがいくら妬み、うらやんで引きずり下ろそうとしても、結局はまた立ち上がる。あえて言葉で幸せを表現しなくても、全身で幸せを感じ、そのような態度がその人の人生全体に肯定的な影響を及ぼす。

　だから、みんなで一緒に幸せになろう。

期待はしても
がっかりしない方法

　期待というのは、望みがかなうように願い、希望をもつ
こと。明確な目標をもつ人は努力すれば夢がかなうという
期待を抱き、人間関係を重視する人は自分が心を尽くした
ぶんだけ相手も返してくれるという期待を抱く。

　たとえこの期待がかなわぬ願いだと知っていたとしても、
自分が投資したぶんだけのリターンがなければ、「これが
現実なんだ」とがっかりするのが通常の人間心理だ。

　そんなときに警戒しなければならないのは、

「そうだね、どのみち無理なことだった」
「やはり人は信じるものではない」

と自暴自棄になることだ。あることを期待し、願うとい
うのは、その人の「理想」にすぎない。

　**理想は、まるで太陽のように、闇のなかで私たちを明る
い道に導いてくれるが、むやみに近づくと跡形も残さず燃
やしつくされてしまう。**

　だから、リターンを求める心理に陥らないために、「そ

んなこともある」という余裕のある考え方を身につけ、失
敗したときの衝撃を和らげるといい。

欲望を徹底的に抑えつけ、すべての人に壁をつくれとい
うのではない。不可能な夢を見てもかまわない。自分に無
関心な相手に心を尽くしてもいい。
でも、期待が挫折に終わったとき、完全に心が折れてし
まうような事態を防ぐには、覚悟と備えが必要だ。

最低限の生計は維持しながら、挑戦を続けよう。**すべて
をなげうって挑戦する人は、勇敢なのではなく無謀なだけ
だ**。自分ができることとできないことを区分し、できない
ことには助けを求めよう。**他人の助けなしには、誰も結果
を生み出すことはできない**。

また、関係をうまく築くには互いを理解しなくてはいけな
いし、対話を通じて自分の基準と相手の基準を合わせていく
必要がある。なにより、いくら維持しようと努力しても賞味
期限が決まっている関係もあるという事実を認めよう。

現実的な考えを備えつつも、人生そのものは肯定的に生
きていこう。**自分と約束したことをひとつずつ成し遂げて
いけば、理想がいつのまにか現実として目の前に広がって
いるはずだから**。

「ちょっと敏感すぎるんじゃ ないか」という忠告について

「過敏な人」というと、次のようなイメージが浮かぶ。

　ものごとをうまくやり過ごせない人、不平が多い人、な どである。寝ているときも、隣の部屋のドアが開く音で目 を覚ましてしまいそうだし、ほかの人ならたいしたことで はないと思って気にしないようなことに、やたらと気をつ かってしまいそうだ。過敏な人は、いつも人を疲れさせる。

　では、「過敏（예민하다）」という言葉の辞書的な定義は どうだろうか。

예민하다（鋭敏である）[예：민하다]
「形容詞」
　　1．なにかを感じる能力や、分析して判断する能力が素 早く、秀でている
　　2．刺激に対する反応や感覚が過度に鋭い

　言い換えれば、小さな変化や合図などを素早く察知して、 反応することをいう。また、ひとつの感情にはまり込みや すい、繊細な人をさしてもいる。

　敏感な人は、なんらかの問題が差し迫ってくると、誰よ

りも先にその事実に気づき、深刻に受け止める。そのため、

「たいしたことではないようなことに、
　どうしてそんなに気をつかうんだ？」

という指摘をよく受ける。だが、この言葉の奥には、

「適当にやり過ごせばいいのに、どうしてそんなふうに
　窮屈に振る舞って雰囲気を悪くするのか？」

という意味が含まれている。

　実際に私たちは、誰でもなんらかの特定の分野では敏感になるものだ。

　私も、文筆活動をするときには過敏になる。どんな文章を書いたらいいのか、いつだって悩む。なんらかの経験をしたとき、その感覚を味わって分析し、判断したあと、抽象的な考えを目に見えるように文章で整理する。

　周囲の人から直接、敏感すぎると言われたことこそないが、文章を書くために感覚を「過敏に」鍛えてみた結果、作家になったのだ。

　たとえば私は、読書会で自分の感想を言うとき、単に「よかった」とだけ述べて終わる人が好きではない。

会の目的がただ1冊の本を読むことならかまわないが、多様な観点とインスピレーションを共有するためにつくられた場で、「よかった」というきわめて簡単な感想だけを述べるのは、会に参加した人たちに対する礼儀を欠いていると思う。

　もう一度言うが、**人間は誰でも敏感であり、敏感なポイントは人によって違う**。ただし、韓国社会では敏感であることが否定的な特性と認識されているため、それを抑えようとするだけだ。

　だから、**まわりの誰かが過敏だと感じたら、あなたもまた、ほかの誰かにとっては過敏な人である**という事実を思い出して、広い心で受け止めてほしい。

うつ病についての考察

　かつて私は、うつ病というのは努力しだいでどうにか克服できるものだと思っていた。そのため、他人にモチベーションを与えることを好んだ。

　誰でも私のように過去の傷を克服し、うつ病に打ち勝てると思い、なにより文章を書くことを通じてどんな傷をも癒やせると信じていたのだ。
　というのも、多くの作家が、文章を書くことによってうつ病を克服できたと主張していたからだ。

　文章を書くという行為は、どんなかたちであれ、自分を表現することなので、心の健康にかなり役立つのは事実だ。
　しかし、うつ病が精神疾患であることを知ってからは、かなり慎重にかかわるようにしている。

　医学的な定義によると、うつ病は、単に憂うつな感覚のことではなく、「前頭葉・大脳辺縁系の機能低下に起因する、憂うつで意欲がなく集中力が落ちた状態」をいう。
　うつ病にかかった人は、日常のどんな刺激に対してもと

くに心が動くことがなかったり、否定的な感情に覆われたりしている。

　ある人は

「誰がどんな話をしても、
　すべて自分を非難しているように聞こえる気分」

　と語った。したがって、うつ病は誰もが一度は感じたことのある「憂うつ感」とはまったく違う概念だ。
　一時的な気分ではなく、脳が故障した状態に近いため、個人の意志だけでは解決できない。そのため、うつ病になったら専門家の治療を受ける必要がある。

　うつ病の患者の家族、友人、恋人の役割もとても重要だ。

「おまえより大変な人はたくさんいる」とか、
「君の態度が問題なんだ」

　というような、**えらそうな忠告は絶対にしないようにしよう。落ち着いて話を聞いてあげ、相手に肯定的な影響を及ぼせる範囲内で力になるべきなのだ。**

私たちの性別が
入れ変わったなら

　シャツをはだけさせ、自分の腹筋を自慢するタフな女性、ホットパンツをはいてセクシーさをアピールする男性の存在が当然視される世界がある。

　これは、フランスのコメディー映画『軽い男じゃないのよ』の世界観だ。この映画の主人公であるダミアンは、幼いころに体験したトラウマによって、男性中心主義が心に深く刻み込まれている人物だ。
　また、1年のあいだに女性と寝た回数を記録し、翌年と比較するアプリを企画するような、なんとなく不快なプレイボーイである。

　そんなある日、ダミアンは、自分が住んでいる世界とはまったく異なる世界、すなわち女性中心の社会に迷い込んでしまう。ダミアンは混乱に陥るが、時間がたつにつれてその社会に適応し、愛する女性、アレクサンドラと出会って結婚の約束まですることになる。
　しかし、じつは彼女は既婚者だったことが発覚する。ここまでが大まかなあらすじだ。

性別を反転させるという、単純だが効果的な発想によっ
て、社会で女性たちが体験する差別と矛盾を描くこの映画
のなかで、最も印象深いセリフがある。

「そうですね。
　僕は黙って気をつけていなければならないのに、
　あなたのほうは変わる理由がないんですから。
　僕たちが同じだというのは間違いです」

　女性中心社会で生きることになった男性主人公のダミア
ンが、アレクサンドラに向かって投げかけたひと言だ。
　男性優越主義に浸っていたダミアンの口からそのような
言葉が出てくるところを見ると、**「相手の立場に立って考
える」**ことの重大さに気づかされる。

　私も数年前までは、女友達が夜遅く家に帰るとき、どう
してわざわざ電話をかけ合って、無事に到着したかどうか
を確認しあうのか、理解できなかった。
　でもその後、さまざまなきっかけで、**男性にとってはな
んでもないことでも、女性にとっては決してそうではない
ことを自覚する**ようになった。

　女性たちの人生の重さを映画を通じて体験してみて、映
画を見終わったあと、自分のなかにため込んだ感情が爆発

するかのように涙があふれ出た。そして、「社会的役割としての男性」としての自分を振り返ることになった。

　既得権をもつ立場では、弱者、あるいは少数者の経験を共有することは難しく、自分の存在が社会によからぬ影響をどのように及ぼしているかについても、なかなか理解できない。

　私は、性別で区分される役割論からすべての人が解放されなければならないと信じている。そのためには、社会の人々が一丸となって協力する必要があると思っている。

　言葉で言うほど簡単なことではないが、このまま放っておくわけにはいかない問題だ。

海を見に
行きたい気持ち

海を眺めると、すべての悩みが水の流れに飲み込まれていくような気がする。水中で泳ぐときには自由になった気がする。波の音は私に安定感を与えてくれる。

だから、私の恋人も友人も、そして私自身も、癒やしが必要なときにはいつも「海を見に行こう」と言う。

自然を眺めるとき、人の脳は休息状態になるそうだ。

なので私は、休息が必要なときや文章を書くことに集中したいときには、必ず海に行く。ひとりで見るのもいいし、一緒に見ても楽しい海は、もう私の隠れ家のようなものだ。

行く場所がないときに、しばらくたたずみに行くところ、タイプライターの音とともに静かなインスピレーションを味わう場所。

いまでは海は、私の人生の一部になっている。

母さんを一生
許せないかと思っていた

　父と母は、私がなにも覚えていないほど幼いころに、離婚した。多くの人が「子どものために我慢する」と言いながら結婚生活を維持するそうだが、うちの両親には当てはまらなかったようだ。

　幼いころはそのことが恨めしく、その矛先はおのずと、私を育てていた母に向かっていった。

　小学生から中学生にかけては、貧乏であることが世界で一番憎らしかった。友達を家に呼びたくても、狭くて臭い家に呼ぶのが恥ずかしかった。

　友達が着ているメーカーの服と靴を買ってもらうことなど、夢見ることさえできなかった。１万ウォン（約1000円）にも満たない服を何年も着ていた気がする。

　それよりもっと嫌だったのは、当時、母が私を暴力で従わせようとしたことだ。多くの人が見ている前で母に殴られ、髪の毛を引きちぎられて恥ずかしい思いをしたこともある。

「僕はいい親になるんだ……。
　絶対にあんなふうにはならない」

　という誓いだけを胸に成長し、貧困から抜け出そうとして成功に執着した。そんな切実さが通じたのか、志望する大学に合格できた。
　大学は家から遠く離れた地域にあり、私はうんざりするような家からやっと抜け出せると思って、すぐさまひとり暮らしをはじめた。最初は母に生活費を出してもらっていたが、いつからかそれもなくなった。

　母と離れて過ごすうちに、けんかをしなくなったのはよかった。生まれてはじめて味わう平穏だった。
　近況を尋ねるために定期的に送られてくるメールにも、あまり返事をしなかった。メールで言葉を交わすだけでも、過去の記憶が蘇ってくる気がしたからだ。

　そんなふうにひとりで過ごすとき、私は自分自身に集中した。少し時間はかかったが、文章を書きながらつらい過去を振り返りつつ、幼少期の痛みをある程度克服することができた。
　他人の痛みに共感することを学び、人に慰めの言葉をかけることができるようになった。そうして憎しみが収まったころ、私は母に再会した。

母は、若いころと違ってかよわく見えた。顔と手はしわだらけで、手の甲はかさかさしていた。一緒に住んでいた家でいまもひとりで暮らす母を見ると、やり切れない気持ちになった。

　私ひとりを育てるために青春を捧げた母は、私が憎かったのではないか。
　無慈悲に流れる歳月が恨めしかったのではないだろうか。
　もしかしたら、私という存在は、ひとりの女性の人生を台無しにしたのかもしれない。

　そんなことを思ったら、母の人生が違って見えはじめた。

母さんを一生
許せないかと思っていた2

　母は23歳で私を産んだ。いまで言えば、大学に通うか社会人１年目で、恋愛に夢中だったり、自分のやりたいことに挑戦したりする年齢だ。

　そんなに若くして子どもを産んで、その子が父親なしで育つ姿を見る彼女の心情は、どうだったのだろう？

　正直いって、よくわからない。胸が痛んだろうか、あるいは意外と淡々としていたのだろうか。

　独り身で私を食べさせていかなければならなかった母は、しかたなく私を保育園にあずけた。幼い子どもを他人に任せるその気持ちは、どんなだっただろう？

　なにか事故でも起きないかと不安だっただろうか、それとも、憎たらしい自分の子とひとときでも離れられて気が楽だっただろうか。

　日本に住んでいたころ、一度、中国人に誘拐されそうになったことがあった。幸いなことに誰かが素早く警察に通報してくれて、大事にいたる前に誘拐犯も捕まり、私も無事に家に帰ってきた。その事件のせいで、母はいまでも中

国人を警戒している。

　私が大きくなるにつれて、母によく言われたことがある。

「小さいころは本当にかわいかったのに……」

　思春期の私が彼女の言うことを聞かなかったから、そう言ったのだと思う。でも、言うことを聞かなかった私に、母は、ほかのことはともかく、ごはんだけは必ず食べなさいと言って小遣いをくれた。体が弱くてまともに働くこともできなかったのに、どこからお金を工面したのだろうか。

　息子はいつのまにか成人し、大学で奨学金を得るために勉強し、生活費を稼ぐためにアルバイトをはじめた。平日の早朝には物流関係のアルバイトをし、週末にはコンビニで夜間アルバイトをした。

　そんな息子が、ある日突然、休学して執筆をはじめた。なにかあてがあるのかどうか知らないが、自信に満ちた姿だった。すでに本も刊行されているという。
　しかし母の目には、忙しそうにお金を稼ぎ、夢のためにもがく息子の姿が気の毒に見えたようだ。母は言った。

「私が誰か新しいパートナーを探そうか？　そしたら、
　あんたがこんなに苦労しなくてもいいのに……」

母がはじめて見せた弱々しい姿に、私は狼狽した。

そのとき私は、「女は弱いものだが、母は強い」という言葉はでたらめだと気づかされた。母もひとりの女性だった。それを聞いた私は自信をもって言った。

「お金のことが心配なら、そんな必要はないよ。
　僕は絶対に成功するから。母さんがしたいことを、
　すぐにできるようにしてあげる。心配しないで」

　息子の態度は少しずつ変わっていった。母から受けた傷がまだ完全に癒えてはいないが、関係を縮めるために少しずつ努力していた。

　愛しているとは言えなくても、両親の日（毎年５月８日にある韓国の記念日）には花をプレゼントし、わずかながら小遣いを渡すようにもなった。恋人と同じぐらい、いや、もしかしたら恋人より息子のことを心配して気にかけてくれる人は、ほかならぬ母だった。

　母は、ほかの親が子どもにしてやることはできなくても、自分にできることをしてくれた。私が大人になるまで、母と私は互いにたくさん傷つけ合ってきた。

　でもこれからはきっと、明るい道を一緒に歩んでいけると信じている。必ずうまくやっていける。考え方はあまりにも違うけれど、誰よりも私のことを考えてくれる、母さん。

好意を当然だと
思う心

「あなたはいいですよね。
　他人の悩みまで気にかける余裕があって」

　私は一時期、インスタグラムのプロフィール欄に「ダイレクトメッセージで悩みごとを送ってくだされば、お答えします」と書いていたことがあるが、真剣にアドバイスを求めるメッセージのほかに、少なからず単なる愚痴も送られてきた。

　その一例が「他人の悩みを聞いてあげる余裕があってうらやましい」というもの。このメッセージを受け取ったとき、私はしばらく考え込まざるをえなかった。
　当時の私は、時間に余裕があるから悩みごとの相談を受けていたのではない。私がインスタグラムに投稿した文章を見ても悩みごとが解決しない人のために、あえて時間を使ったのだ。

　生計のために働き、文章を書き、身内の面倒を見るだけでも、私もいつも時間が足りない。それでも悩みごとの相

談を通じていろいろな人と交流しているのは、私の文章を読んでくれる人たちにいくばくかの善意を届けたいという思いがあるからだ。

　私の答えが、その人の問題を一気に解決してあげられるわけでもないし、なんの役にも立たない可能性すらある。だからお金は受け取らない。

　会話を通して心が楽になる人の共通点は、自分が言いたいことを飲み込んで、相手の話に耳を傾けるという点だ。

　簡単そうに見えて、じつは容易なことではない。

　誰もが自分の話をしたいと思い、誰かに自分の話を聞いてほしいと思っている。そのような欲求を抑えて人の話をじっくり聞くには、思いのほか大きなエネルギーが必要だ。

　だから、相手が耳を傾けてくれることを、自分の権利だと思って当然視しないでほしい。

自分を守る言葉を
育てよう

　少なくとも数十人、多いときは数百万人が見ている
SNS上で文章を書いていると、あちこちに非難や攻撃の
コメントをつけてまわる悪質なユーザーに、よく出くわす。

　最初は理路整然と問題を提起してきたので、私もすきの
ない反論で応対した。すると、相手が論点をずらして主題
と関係のないことを言いはじめた。私は黙ってブロック機
能を利用するしかなかった（もちろん、反対にこちらがブ
ロックされることもある）。

　一度や二度のことではなかったので、いまでは不平ばか
り言って非難してくる人は無視するようにしている。
**批判なら受け入れる余地もあるが、非難にはあえて時間
を使ってまで耳を傾ける必要がないことを知っているから
だ。**ただし、そのたびに私は、

「語彙力を育てることをやめないでおこう」
「自分を守る手段としての執筆をこれからも続けていこう」

とあらためて誓う。

　必ずしも悪質な書き込みに対処するためではなくても、高い言語能力は、仕事をするとき、友人とコミュニケーションをとるとき、あるいは見知らぬ相手に自分の考えを正確に伝えるときに必ず必要になる。
　文章を書くことは、語彙力を育てるのにとても効果的だ。

　人は言葉によって打ちのめされるときもあるが、言葉によって立ち上がれるときもある。そういう意味で、文章を書くことは鉾にも盾にもなりうる。

　私はそんな執筆活動を、私を嫌っている人たちを前に萎縮してやめたりはしない。他人からの攻撃に動揺することがあったとしても、あきらめることは決してしないだろう。

人生に疑念が
生まれたら

　ときどき、理由もなく虚しさや無気力にさいなまれることがある。

「自分は本当にうまくやっているんだろうか？」

　いくら肯定的に考えて前に進もうとしても、もやもやした思いが消えない。もしかしたら、私がある程度自分の望む成果を出せたのは、一生懸命に生きてきたからではなく、毎回偶然に正しい道を選択したからなのかもしれない。
　そもそも成功というのは、努力だけではなく、努力に運が備わってこそ到達できるものなのだから。

　無理に自信をもとうとしても、自分には価値がないという考えが頭から離れず、自分自身がひたすらみじめに感じられるときがある。

　人は絶えず自分の存在価値を証明するために競争し、闘争する。けれど、そんな力が少しも残っていないときもある。特別な人になろうとずっと努力してきたが、いまの自

分は、この世の中では平凡な人生を手にすることさえ難しいと知っている。

　しかし、そんな世の中も少しずつ変わってきている。
　社会が個々人のストーリーに共感しはじめ、自分だけの哲学と自分だけの言葉によって集団に影響を与えられる人物がしだいに増えている。
　かつてはお金にならなかったような才能が急激に求められるようになり、いままで無視されていた人が独創的なアイデアで革新を起こしている。

　世の中は、一見するとつねに足踏み状態のように見えるが、気がつくと少しずつ変化し続けている。そしてそのなかで生きていく方法も見つけられる。

　もし自分が停滞しているような気がしたり、他人についていくだけで精いっぱいだと感じたりするようなら、しばらく立ち止まって、自分に考える時間を与えてあげてほしい。
　無気力で憂うつな気分が続くのは、もしかしたら、長い時間をかけてようやく気づくことのできる大切ななにかを見過ごして生きているからかもしれない。

人生という
パンドラの箱

　人はよく、禁断の秘密や恐るべき真実を知ったときに「パンドラの箱を開けた」と表現する。

　広く知られているように、ギリシャ神話に登場する「パンドラの箱」は、欲望、妬み、嫉妬、悲しみ、憎しみなどの否定的な感情が閉じ込められた禁断の箱だったが、パンドラがこの箱を開けたために世の中に否定的な感情がすべてあふれ出てしまった。

　そのとき、最後まで箱に残っていたのが希望だった。
　人生もこれと似ている。私たちは日常生活で多くの困難にあい、苦痛を味わうが、希望はつねに心のどこかにしっかりと残っている。
　希望は人生の羅針盤になり、行くべき道を教えてくれる。

　幼いころに日本で両親が離婚してから、私は家でひとりの人間として認めてもらえなかった。満たされない承認欲求を友人関係に求めようとして、何度も傷ついた。毎年転校したので、友達と深い関係を築くことができなかった。

いつしか 12 歳になっていた私が韓国に渡る前、日本でできた最後の友人たちは、心の壁を壊すことができずにいた私の手をしっかりと握ってくれた。

　なぜそんなに気にかけてくれるのかと尋ねると、

「友達だからでしょ。ほかになにか理由がある？」

　という返事が返ってきた。その瞬間、これから生きていく人生のパズルのピースがはまったような気がした。

　韓国にきて、まず覚えたのは悪口だった。悪口がつねに私について回ったからだ。なかでもよく聞いたのは、「チョッパリ」（日本人の蔑称）という言葉だ。

　中学生のころは、死んだら楽になるだろうかと絶えず考えていた。朝になるとそんな考えはしばらく消えるが、日中ずっと気苦労をして、夜が訪れるとまた自殺衝動がやってくる。中学生までに流した涙が、私の生涯に流す涙の半分ぐらいにはなるのではないか。

　高校生になって、心は相変わらず荒れたままだったが、なにかやってみようという意志が芽生えた。貧困から抜け出そうという意志、成功しようという意志を胸に日々耐えぬいた。

新聞配達をしながら月謝を稼ぎ、芸能養成施設「実用音楽学院」に通っていた時期のことがとくに思い出される。

　感情を表現する仕事につきたくて、音楽ならそれができるという思いから、１年間、学校が終わると学院に行って閉門まで練習する生活を続けた。夕食は500ウォンのカップ麺とおにぎりですませ、そうやって夢を描いていった。

　しかし、高校３年生になると、現実を受け入れなければならないときがきた。歌の実力が十分に伸びなかったので、実用音楽科進学の目標をあきらめ、それ以後は生活記録簿（成績表に課外活動などの学校生活の記録をつけ加えたもの）の項目を埋めるために課外活動に集中した。
　読書大会の読書感想文のためにしかたなく読みはじめた本は、学校では学ぶことのできないことを教えてくれた。

　名門大学の学生に高額な授業料を払って家庭教師をしてもらったことはないが、偉人と呼ばれる人の物語を読みながら人生を学ぶことはできた。

　私の20代の半分ぐらいは、作家と呼ばれるようになるまでのひとり立ちのための時間だった。文章を書きはじめたころは、他人の力になり、肯定的な影響を与えたいという気持ちで書き綴っていた。

いまは、人々が共感できるような文章、人々の慰めになるような文章を書きたいと思っている。私の価値観に染まってほしいという気持ちより、なにかを選択するときの参考になればいいと思って書いている。

　じつは、いまでも信じられない。教科書を読むのも嫌がっていた私が、「어떡해」と「어떻해」【訳注：「どうしよう」という意味の「어떡해」の綴り間違い】のような基本的な綴り方さえ知らなかった私が、このように作家になったという事実自体に驚いている。

　私の人生の物語を中学生のころまでで区切ると、その物語はとても暗うつで残酷なものになる。しかし、**私はその続きを別の物語にした。**

　もしかするといまどこかで、誰かは過去の私のように、自分は生まれないほうがよかったと思っているかもしれない。しかし、つらい時期を通りすぎてみれば、そこにはすばらしい収穫が待っていた。

　私の場合、まだ人生の半分も過ぎていないが、これからも着実に歩んでいくつもりだ。夢であれ、人間関係であれ、最初はきらきらとした好奇心からはじまるものだ。
　しかし、途中で困難に直面し、すべての過程が終わると、

よい意味でも悪い意味でも失うものがある。それでも、無条件になにかを得られる方法がある。

　それは、**経験を教訓にすること。**
　教訓を通して人生を学び、その学びを続ければ、人生というパンドラの箱を間違って開けたからといって後悔することはない。

心を点検しなくては
いけない理由

　私は感情の起伏が激しく、理由もなく憂うつになること
がある。自分の心をきちんと探ってこなかったせいだ。

　折に触れて心を点検しなければ、そのときどきの感情に
浸って、周囲の環境に振り回されることになる。

　時には他人からの頼みごとを断り、いい人であるのを拒
否して利己的に生きなければならない理由はそこにある。

　必要以上に他人に合わせていると、自分のなかで感情が
消耗しきって、おのずと燃え尽きてしまう。

　本来の自分を守りながらも、みずからの限界を把握し、
無理をしてはいけない。

　余計なことに傾かず、重心を保って進むべき方向をしっ
かり設定するとき、恐怖は消える。**予測できない未来が怖
く感じられるのは、自分自身が何者であるかを知らないか
らだ。**

　私たちは、自分自身を理解していないために、休んでい
るあいだにもなにかをしなければならないような不安にさ

いなまれる。

　自分がどこに向かうべきかを知っていて、なにが好きで、なにが嫌いなのか、なにが必要なのかを知っていれば、休息をとってもストレスを感じることはない。

　自分の心を知ることができる人にとって、休息は、底をついたエネルギーを貯めるための時間になる。

欲望と
駆け引きしよう

　誰にでも欲望がある。

　欲望は、私たちがなにかに一生懸命取り組むための原動力になり、退屈な日常のくり返しにすぎない人生に生きる意味を与えてくれたりもする。

　自分自身が切実に望むことを追求するとき、人生はより豊かになりうる。

　しかし、私たちの欲望の多くは、社会や他者から学習したものだ。幼いころから耳にたこができるほど聞かされてきた、親の言うことをよく聞きなさいとか、友達と仲良く過ごしなさいというような規範がそれだ。

　さらに、大人になったら安定した職に就き、生活が安定したら結婚して子どもをもうけるべきだという考えに、私たちはとり込まれる。

　他人と自分の見た目を絶えず比較し、ふつうとみなされる範囲から外れると自分を責めて苦しむ。

　また、芸能人やインフルエンサーのような羨望の対象のようになりたいと思う。社会的な基準に合致する人のこと

は肯定的にとらえ、そうでない人のことは軽んじる。

　このような現象が間違っていると言いたいわけではない。
**問題は、他人から押しつけられたもので自分を満たして
いると、自分自身の姿はしだいになくなっていき、ついに
は消えてしまう**ということだ。

　場合によっては、自分が本当に望んでいることがなんな
のかも知らないまま、表面上だけ幸せなふりをする人にな
りかねない。そうやって何年も、何十年も生きていると、
後悔するのはほかならぬ自分自身だ。

　他人の欲望を受け入れてもかまわない。
　でも同時に、自分が本当になにを望んでいるかを考える
力を育てよう。人生の主導権を他人に与えるのと、自分自
身が自分の人生の主人になるのには違いがある。

　自分がつねに世の中という舞台の主役であるわけにはい
かない。しかし、**自分が望むことを探し、それに意味を感
じながら生きていけば、誰もがきっと、自分の人生の主役
になれる**はずだ。

人は、変わるのではなく
成長するもの

　この世の中で同じ間違いをくり返さないでいられるのは、機械ぐらいしかない。

　自分の短所をすっかり補って、以前と変わったという印象を与える人がいるとすれば、それは、あなたの視点が変わったからそう見えている可能性が高い。
　つまり、**あなたがその人をありのまま受け入れたのであって、その人の性質が180度変わったのではない**ということだ。

　相手の欠点を理解するのと同じく、自分の欠点にもある程度は寛大である必要がある。
　他人に被害を与えるような欠点だとしたら、直そうと努力すべきだが、自分の姿がただ気に入らないからといって自分を責めているのなら、そんなに気にしなくてもいい。

　私は一時期、完璧な人になろうと努力し、その道こそが正解だと思っていた。しかしあるとき、完璧さに対する自分の基準を相手にも押しつけていると気づいたのだ。

その瞬間、しまった、なにかを間違えていたと思った。

　変わることは、この世で最も難しいことであると同時に、簡単なことでもある。
　なぜなら、**変わろうと心に誓った瞬間、すでに半分は変化しているからだ。**そしてなにより、人間は完全に変わることはできなくても、努力を重ねて互いにフィードバックを与え合うことによって自然に成長していく。

　だから、自分の人生は手の施^{ほどこ}しようがないなんて思わないでほしい。**もっとよい自分になりたいという気持ちだけを大切にすれば、それで十分だ。**
　切実に願えば、残りの行動はおのずとついてくる。

旅行を眺める
視線

　旅行から帰ってきて、現実に引き戻されると、こんなことを考える人がいる。

「いっそのこと、旅行に使ったお金を貯めて、
　車を買ったほうがよかったんじゃないか」
「そのお金で高い洋服を一式、買えばよかったな……」

　彼らは、旅行に行くために使った費用を別のことに使った場合にできることを数え上げ、旅行に行ったこと自体を後悔する。
　しかし私は、**旅行こそが本当に価値のあること**だと思っている。旅行が好きな人ならきっと、同意してもらえると思う。

　旅行を現実からの脱出手段と考えるなら、その価値は当然のことながら下がる。
　旅行に行くたびに後悔するあなたに、「ギャップ・イヤー」を紹介したい。
　ギャップ・イヤーとは、「学業や仕事をすべて中断して、

奉仕活動、旅行、進路計画などに時間を費やすこと」をいう。「韓国ギャップ・イヤー」という団体を運営するアン・シジュン代表は、『旅行は最高の学び（여행은 최고의 공부다）』という著書のなかで、

「旅行をする過程で、
　本来の自分だと思っていた自分自身の姿は
　どこかに消えてしまい、まったく新しい自分が現れた」

と記している。また、旅行に関するエッセイでも、

「旅行に行くと、別の世界が見えるのではなく、
　別の自分を発見することになる」

というようなことがよく書かれている。
　旅行が私たちに与えてくれるのは、知らなかった自分自身の姿だ。そのことを知っている人は、旅行を通じて自分自身を省察し、みずから成長する。
　以前、韓国社会に人文学ブームが起こったことがあった。人文学が人を研究する学問であるなら、旅行こそが真の人文学といえるのではないだろうか。

　私は、旅先で風景をカメラに収めるより、そこにいる自分の姿を第三者の視点で頭のなかに描くことに集中する。

そして、自分自身がどんな気持ちなのかを観察し、その繊細な感情を具体的に文章に書き出す。

　そんなふうに記録しながら写真も撮っておけば、あとで写真を見てみたときに、当時の感覚をある程度は再現できる。「私はこのとき、こんなふうに考えていたんだな」と思いながら自分と対話する時間をもつことができる。

　もし未来が茫漠としていたり、どこに行けばいいのか見当がつかなかったりするのなら、一度はひとりで旅行に出かけてみるのをお勧めしたい。

　旅行は、自分を見つめるきっかけをつくってくれ、想い出として残り、いつでもモチベーションを与えてくれる材料になるのだから。

すみませんが、今日は
このぐらいにして休みます

　中国のベストセラー作家として知られる李尚龍は、『あなたは努力しているように見えるだけ（你只是看起來很努力）』という著書のなかで、「休息」とはなにかを説明するために、著名な講演家の例を挙げている。

　その講演家は、執筆はもちろん、講演、読書、そのほかの対外活動まで、本業と並行しながらさまざまなことをこなしていた。
　著書を読んだひとりの読者が彼に、1分でも無駄にしないその姿勢について、次のように質問した。

「どうしたら、ひとりでそんなに
　たくさんの仕事ができるのでしょうか。
　休んだりしないんですか。
　あなたは鉄人なのでしょうか？」

　と。その質問に対して、その講演家はこう答えた。

「別の仕事に切り替えながら続けることが、

一種の休息です」

　と。また、李尚龍は著書のなかで次のように語っている。

「〝爆睡〟といったことは、じつは本当の休息ではない。自分の脳の関心事を切り替えることこそ、本当の休息だ」

　情熱に満ちあふれていた過去の私は、この言葉に積極的に同意した。しかし、現在の私は、李尚龍のような考え方は、すべての条件が整った理想的な環境であっても実践が難しいと思っている。
　実際には、李尚龍が例に挙げた講演家の１日を誰かが24時間観察したわけではないため、その言葉が事実かどうかを判断するのも難しい。

　このような考え方は、いわゆる「社長マインド」なのではないかと、私は思っている。

　私が社会に望んでいるのは、誰かが休息をとったり、「ちょっと休む」と言ったりしたときに、余計な先入観をもとにその人を見てほしくないということだ。
　つまり、**絶えず動いていてこそ誠実な人だという考えや、仕事の手を止めるのは現実に安住している人だという認識をもとに人を判断しないでほしい。**

絶えず動いていても、方向も分からないまま走っていては意味がない。時には休みながら、疲れた心を癒やす必要がある。私たちは機械ではなく、それぞれが尊厳のある人間なのだから。

「すみませんが、今日はこのぐらいにして休みます」

　いつの日か、誰もが自然にそう言うことができて、それに対して誰も否定的な判断をしない社会になることを願っている。

エピローグ

『いまを生きる』という映画で印象に残った場面がある。
　授業をしていた教師が、突然、机の上に立って生徒たち
に質問するシーンだ。

「僕がなぜ机の上に立ったか、わかる人？」

　続いて教師が言う。

「この教室を別の角度から眺めるためだ。
　ある事実を知っていると思うとき、
　それを別の角度から見てみる必要がある。
　君たちは、自分自身の声を見つけるために
　闘わなければならない」

　私たちの生きる世の中はせわしく動き続け、絶えず新し
い問題が生じる。予期しない困難にいつも惑わされ、なに
か事件が起きて消えることのない傷を負わされたりもする。

　ひとりで徹夜しながら見つけた解決策も、現実を変えて

はくれず、無力感を覚える。

　そんなとき、視点を変えてみる。 それによって、教室で自分が毎日座っている席の机の上にのぼるのと同じように、問題を広い範囲から見下ろせるようになる。
　たとえ同じ問題でも、100人の人がいれば、問題に対するとらえ方や視点はすべて異なり、結果的に100個の正解が出てくる。

　私の視点が、みなさんの役に立ちますように。
　「もしかして」という気持ちで手にとったかもしれない本書が、読者のみなさんが自分だけの答えを見つけるうえで、少しでもヒントになりますように。

　新しい考えというのは、その存在に気づいた瞬間からはじまるものだから。

　あなたがこの本を開くとき、それがどこであれ、あなたに完全な休息が訪れるのを切に願っている。

日本版によせて

　日本の読者のみなさん、こんにちは。作家のソン・ヒム
チャン（緒方真理人）です。

　日本のみなさんにも本書を読んでいただけることに、あ
らためて深い感慨を覚えています。
　この本が韓国で刊行されてから、もう５年になります。
いまだに多くの読者に愛されているのは、「よく休むこと
はよく生きること」という単純なメッセージが、燃え尽き
症候群に陥ってしまった人々のあいだで大きな共感を呼ん
でいるからではないかと思います。

　それほどまでに強く、われわれの社会には、人々に過剰
なほどの情熱を押しつける雰囲気があります。
　その結果、多くの人が、休憩時間にまでなにかを成し遂
げなければならないと思うほど、自分を追い詰めているの
ではないでしょうか。

　この本を読む時間ぐらいは、一生懸命に生きなければな
らないという強迫観念から解き放たれて、心に吹く暖かな

春風と、すぐ近くにあるちょっとした余裕を心ゆくまで感じてほしいです。

　私がペンネームとして「ソン・ヒムチャン」と「緒方真理人」という2つの名前を使うことにしたのは、実際に2つの名前をもっていて、日・韓のダブルであるという自分のアイデンティティを忘れずに、ペンネームに込めたいという思いからでした。

　また、10年のあいだ暮らしていた日本で、緒方真理人という名前でいつか作家デビューする日がくるのではないかという、漠然とした期待を胸に秘めていたこともあります。
　なにひとつもたない私がコンビニで夜間のアルバイトをしながら書き下ろした文章が、いまでは韓国を越えて日本にまで届くようになったことに、心から感謝の気持ちをお伝えしたいと思います。

　私は、裕福な家庭で育つことができず、寂しがり屋で、ひどく憂うつな日々を送っていた、ただのさえない人間でした。そんな私にとって、10代のころに日本で接したアニメとその主題歌の歌詞は、なによりの慰めになりました。

　ひとりで寂しく死んでいかなければならないと思ってい

た、かぎりなく憂うつな人生において、日本で出会った文化的コンテンツが一筋の光になってくれたのです。

　アニメに登場するキャラクターの人生に込められたドラマチックなエピソードは、私が人生をあきらめず、希望をもつことのできる原動力になってくれました。
　そのおかげで、この命のあるかぎり、最後までもがいて希望の灯を消さないようにしようと、ひとり誓うようになりました。その小さかった子どもがいつのまにか30代を迎え、いまではロマンという言葉を魂に刻みながら生きています。

　私は文章を書く作家としてだけではなく、漫画を描く作家としていつか読者のみなさんにごあいさつしたいと思っています。幼いころに私が漫画からもらった希望とロマンを、そのままみなさんにお届けしたいからです。

　人生というのはそれ自体苦痛なものですが、それでもどうにか生きてみる価値のあるものだと。そして、たとえ人に裏切られて傷だらけになったとしても、それでもまだ信じられる人がこの世には存在するのだと。
　だからきっと、いまよりもっと楽しく生きていけることをお伝えしたいのです。

この本は、私の作家人生のなかで、一番未熟なころに書いた文章です。淡々としつつも断固としていて、冷静でありながらもそのなかに私の弱さも見えるでしょう。

　しかし、自分の怖れを直視しながらも、あきらめることなく理想を追いかける姿勢。それが希望だとするなら、みなさんはきっと、私よりもっと遠く、もっと長く理想に向かって歩み続けることができるはずです。

　私はあいかわらず、好きな日本のアニメを見ながら、元気をもらっています。同じように、読者のみなさんが手にしたこの本が大きな力になることを、切に願っています。

　ありがとうございます。
　愛を込めて。

2023 年 2 月 21 日

　　　　　　　　　ソン・ヒムチャン（緒方真理人）

韓国のベストセラー記念版から選りすぐりのイラストを集めました。

「母さんを一生許せないかと思っていた２」＞P.180

「人生というパンドラの箱」＞P.189

「旅行を眺める視線」 > P.200

ソン・ヒムチャン
（손힘찬・緒方真理人） 著
作家・コンテンツ会社「マリト」代表
韓国と日本の名前をもつ。日本人の父と韓国人の母のもとに日本で生まれ、12歳で母と渡韓。22歳で作家としてデビューする。現在はコンテンツ会社「マリト」の代表を務め、「コリアコーチングシステム」法人所属コーチとしても活動している。Instagramのフォロワーは32.5万人（2023年4月現在）。著書累計30万部を突破している。現代人が共有する悩みに向き合い、心を癒すヒントを提案する本書は、幅広い層から共感・支持され17万部のベストセラーに。

黒河星子
（くろかわ　せいこ） 訳
韓日・英日翻訳家
1981年生まれ。京都府出身。京都大学大学院文学研究科博士後期課程単位取得退学。訳書に『花を見るように君を見る』『愛だけが残る』『アンニョン、大切な人』（かんき出版）などがある。

今日はこのぐらいにして休みます

2023年5月27日　第1刷発行

著者　　　ソン・ヒムチャン（緒方真理人）
訳者　　　黒河星子

発行者　　大山邦興
発行所　　株式会社 飛鳥新社
　　　　　〒101-0003
　　　　　東京都千代田区一ツ橋2-4-3 光文恒産ビル
　　　　　電話　03-3263-7770（営業）　03-3263-7773（編集）
　　　　　http://www.asukashinsha.co.jp

イラスト　　　イ・ダヨン
ブックデザイン　別府 拓（Q.design）
翻訳協力　　　株式会社リベル
校正　　　　　矢島規男

印刷・製本　　中央精版印刷株式会社

編集担当　松本みなみ